BIBLIOTHEQUE CHRÉTIENNE

—

IN-12 — 2me SÉRIE.

Vie

de

Saint Charles Borromée

SAINT
CHARLES BORROMÉE

CARDINAL-ARCHEVÊQUE DE MILAN.

PAR

PAUL JOUHANNEAUD

Chanoine honoraire, Directeur de l'œuvre des Bons Livres

LIMOGES

F. F. ARDANT FRÈRES,
Avenue du Midi, 11.

PARIS

F. F. ARDANT FRÈRES,
quai du Marché-Neuf, 4.

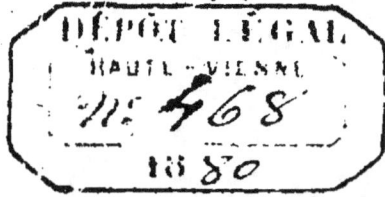

I

Principal but de ce précis. — Famille, naissance, éducation. — Précocité des vertus et de la vocation de Charles Borromée.

Pour comprendre promptement combien sont coupables les fondateurs du protestantisme et de quelle unique source proviennent réellement leurs négations sacriléges, il suffit d'arrêter un instant les regards sur saint Charles Borromée. Sans doute ce pontife mériterait les bénédictions de la terre à quelque époque qu'il eût vécu ; en tout temps ses vertus héroïques, ses œuvres incroyables, ses miracles éclatants solliciteraient nos pieux hommages ; mais ne semble-t-il pas qu'il y ait droit avant tout pour son rôle éternellement admirable dans ce grand événement qui, sous le nom de *réforme*, déchira l'Eglise et bouleversa le monde au XVIe siècle?

Oui, un des véritables *réformateurs* de ce temps fut Charles Borromée. Puisse, jeunes lecteurs, cette affirmation dont la preuve se trouve à chacune de nos humbles pages, devenir aussi pour vous l'objet d'une conviction parfaite! tel doit être le premier fruit de notre étude.

Que voyons-nous en effet à cette trop mémorable époque? Luther, Calvin, Zwingle et les autres hérésiarques écrivant et prêchant que l'Eglise romaine, pervertie dans son dogme, dans sa morale, dans sa discipline, rappelle l'*ancienne Babylone ;* que c'en est fait des sociétés si l'on ne se hâte de réformer l'œuvre de Jésus-Christ souillée et dénaturée par le *papisme !*

D'autre part, en indiquant le mal, quel remède proposent-ils? « La foi suffit, crient-ils aux coupables ; péchez, péchez fortement, péchez sans crainte ; en *croyant* plus fermement encore vous magnifierez Dieu. » Exhortation infâme que tout tribunal honnête se hâterait de punir ; maxime perverse au plus haut degré, dont rougissent aussi bien leurs disciples, et qu'ils s'efforcent de justifier en l'attribuant à un mouvement d'indignation mal contenu ou d'inadvertance de leurs fondateurs.

Enfin comme le véritable apostolat se compose de la parole et de l'exemple, de quelle manière ces *apôtres du vrai christianisme* en commen-

cèrent et consommèrent-ils eux-mêmes la ré-
génération? L'histoire répond : en se livrant
publiquement aux vices les plus ignobles, au
dévergondage des plus abjectes apostasies. Tel
est le tableau qu'offre à son berceau l'*église ré-
formée*, et sur lequel les protestants actuels
s'efforcent, mais en vain, de jeter le voile.

Sur l'autre plan du tableau, en face de ces
grands coupables, se dressent des personnages
qui aussi eux parlent, écrivent et agissent. La
vue des scandales qui attristent le monde et
souillent même le sanctuaire ne les émeut pas,
ne les épouvante pas moins. Mais quelle pensée
opposée remplit leur âme ! comme leurs gémissements, leurs reproches et leurs craintes éma-
nent d'une source différente ! «Pour transformer les peuples, dit la légende liturgique de
saint Charles, il se montra le modèle d'une ex-
quise perfection.» Crier donc contre l'iniquité
qui débordait, mais en prêchant dans sa vie
entière les vertus contraires, en les conservant
et les développant par la pratique des bonnes
œuvres, de la prière, du jeûne, par le renoncement absolu de soi-même, par les mortifications
les plus austères et les plus soutenues, en en-
trant en un mot le premier dans cette voie
nouvelle de l'imitation du Crucifié, où il conviait les autres ; voilà sa réforme, la vraie et
sainte réforme opérée par l'archevêque de
Milan.

Autant que le permet le cadre d'un abrégé,
racontons donc les paroles et les œuvres du car-

dînal Borromée au milieu des troubles qui caractérisent cette grande période de l'histoire du monde et de l'Eglise. Nulle des pages de ces tristes mais glorieuses annales n'est, répétons-nous, plus instructive et édifiante que le fragment où brille son nom immortel.

Par sa famille paternelle aussi bien que par sa mère. Charles appartint aux premières maisons d'Italie. Gilbert Borromée, son père, comte d'Arone, possédait dans le Milanais, non loin du Lac-Majeur, plusieurs châtellenies et domaines considérables. De plus il exerçait au nom de l'empereur Charles-Quint, dont il était très estimé, des emplois importants.

Sa mère, Marguerite de Médicis, avait pour frères Jacques de Médicis, marquis de Marignan, dont le monde exalta la valeur guerrière, et Jean-Ange de Médicis, qui, sous le nom de Pie IV, ceignit bientôt la tiare papale.

Ce qui distingua ces époux plus encore que la fortune, la réputation et l'influence ; ce qui valut pour notre saint bien mieux que ce patrimoine périssable, ce fut leur piété parfaite. L'histoire s'est plue à en recueillir des traits nombreux dont s'édifiaient tous ceux qui les approchaient ; elle a dit leur charité surtout pour les pauvres. Nous résumons ces louanges qui font partie de la couronne du cardinal Borromée, en disant qu'ils reçurent de Dieu la bénédiction à laquelle ils tenaient davantage ; de leur union naquirent six enfants qui tous marchèrent comme eux dans les voies du bien, et ont laissé, principalement Charles et Anne, une mémoire précieuse devant Dieu et les hommes.

Charles naquit au château d'Arone, le 2 octobre 1538. Selon une tradition respectée, Dieu qui se plaît à glorifier ses élus à la face du peuple, aurait signalé ainsi sa venue à la lumière de ce monde : « Une clarté divine, dit l'Office Romain, révélant sa sainteté future, resplendit pendant les ténèbres de la nuit, au-dessus de la chambre de l'heureuse mère, au moment où il allait naître d'elle. » Quoique la foi, prise dans sa rigoureuse acception, ne nous oblige pas de croire à la réalité de ce présage, la piété ne peut que gagner en y voyant Dieu manifester ainsi ses desseins particuliers, puisque une vie entière en sera l'accomplissement fidèle et visible. Du reste, sur l'emplacement de cette maison, et par une sorte de consécration religieuse, on bâtit plus tard un hospice de malades. Cette circonstance assurément a quelque valeur historique.

Heureuse l'âme qui, après s'être égarée loin des sentiers du Seigneur, y rentre brisée de remords, brûlante de charité, ne trouvant plus de sacrifices au-dessus de sa reconnaissance altérée d'expiation ! Ainsi vécurent et moururent Madeleine, Marie d'Egypte, Thaïs, Augustin et tant d'autres saints dont les noms seuls animent l'espérance et la contrition des pécheurs.

Mais plus heureuse encore l'âme qui, gardant sans tache sa robe baptismale, n'offensa jamais son Dieu par une infidélité tant soit peu grave aux avances miséricordieuses de sa grâce ! Ainsi méritèrent les délices éternelles Jean-Baptiste, Bernard, François d'Assise, Dominique, Louis de Gonzague , Stanislas Kostka; ainsi passa parmi nous notre saint archevêque de Milan.

Dès ses plus tendres années il s'attira l'admiration et le respect par sa vive piété. Restant étranger aux délassements naturels à l'enfance, il avait déjà choisi le Seigneur et son culte, pour unique joie. En lui rien de frivole, de puéril ; ses paroles et ses actions s'inspirent d'une gravité douce, aimable et contenue. Prier beaucoup et longtemps chez lui, devant de petits autels élevés par ses mains, ou bien à l'église assister aux offices, accompagner ses parents dans leurs visites aux pauvres ; cela, avec l'étude, composait en entier son existence. De sorte que son heureuse famille avait non pas à l'encourager, encore moins à le reprendre, mais à le guider, ou plutôt à le retenir dans le sentier de la perfection chrétienne où il marchait déjà d'un pas rapide et résolu.

Vers l'âge de douze ans « il fut enrôlé dans la milice sacrée. » (*Brev. rom.*). Un tel engagement dit à lui seul quel degré de vertu il avait atteint à un âge qui d'ordinaire ne supporte pas longtemps la gêne et les entraves. L'histoire a soin de remarquer que ses parents le laissèrent entièrement libre à cet égard. Cela, d'une part, en effet, signifie qu'ils reconnaissaient en lui une véritable vocation religieuse, car leur piété était trop intelligente et solide pour le laisser vêtir un habit qu'il aurait porté sans honneur, d'autre part, qu'en lui Dieu voulait confirmer sa parole de l'Ecriture : *Je donnerai aux petits enfants l'expérience des vieillards.* Non-seulement Charles ne regretta jamais cette détermination prise aux premiers jours de son adolescence, mais encore jusqu'à la fin de sa vie il en étudia toutes les obligations, afin de ne rien omettre de ce qui constitue un prêtre parfait.

Enseignement précieux pour la jeunesse. Il est donc vrai qu'en restant fidèle aux promesses du baptême, en attachant son cœur à la vertu, elle reçoit de Dieu, en échange, un esprit de sagesse qui, purifiant et dirigeant ses pensées, la conduit heureuse à la pratique des plus difficiles conseils évangéliques. Celui qui ne se laissa jamais vaincre en générosité ni en reconnaissance par personne, multiplie au centuple les dons que fait fructifier un jeune cœur jusqu'au moment où il lui accorde le don suprême, la richesse, qu'on nomme le ciel !

La sagesse et la piété du digne enfant se manifestèrent plus sensiblement lors de l'héritage d'une riche abbaye que lui laissa Jules-César Borromée, un de ses oncles. On sait qu'à cette époque encore un affreux abus se perpétuait dans l'acquisition et la transmission des monastères. Loin d'appartenir, ainsi qu'il avait été réglé par saint Benoît, saint Maur, saint Colomban et les autres fondateurs d'Ordre aux religieux eux-mêmes qui y habitaient, ces maisons, par suite des guerres et de l'empiètement des seigneurs et des princes, avaient passé en propriété ou en usufruit à des personnes trop souvent étrangères aux conditions même élémentaires de la vie monacale. Heureuses étaient-elles, selon l'expression de Monseigneur de La Motte, lorsque exploitées par des avares qui n'appartenaient ni à Dieu ni au monde, elles ne récompensaient pas la bassesse et le crime. En vain l'Eglise essaya-t-elle constamment de régler, sinon d'abolir entièrement ces sacrilèges *commendes ;* le despotisme et la cupidité intéressés à les maintenir entravèrent son action et l'obligèrent à gémir en silence sous ce lamentable scandale. Il ne saurait entrer dans notre pensée de vouloir raconter ici tous ces efforts et toutes ces résistances, que peint si éloquemment l'auteur des *Moines d'Occident.* Bornons-nous à dire que de là provint ce triste relâchement de la discipline ecclésiastique et monacale, exagéré et exploité à l'envi par le protestantisme et l'incrédulité, et que la commende fut de la part du saint concile de Trente l'objet d'une étude et d'une réglementation très minutieuses. Mais de longues années s'écouleront encore avant que partout prenne fin ce trafic simoniaque des hommes et des choses de Dieu. Du reste, cette tendance des princes de la terre à faire de l'Eglise leur esclave docile, s'est reproduite dans tous les temps, sous une forme ou sous une autre ; lutte même de la matière contre l'esprit, de la force contre le droit, elle ne cessera donc qu'à la fin des siècles.

L'abbaye bénédictine de Saint-Gratinien, dans le territoire d'Arone, depuis longtemps possédée en commende par la maison des Borromée, devint, avons-nous dit, la propriété de Charles. Mais quoique âgé seulement de douze ans, la manière dont il entendit jouir de ce legs dès le jour même où il lui fut échu, montra ses pensées sur ces sortes de fortunes, et ce qu'il entreprendrait bientôt pour les réprimer.

A peine est-il mis légalement en possession de son héritage, qu'il dit à son père : « Nous emploierons ce revenu à aider l'Eglise et les pauvres ; c'est un superflu qui ne nous appartient pas. » Parlant à un père capable de comprendre la générosité d'une telle demande, il reçut de lui cette noble réponse : « Votre proposition, mon fils, est on ne peut plus juste et légitime. J'administrerai donc ces revenus en votre nom, et selon vos souhaits ; je n'exige qu'une chose, c'est que si vous manquez désormais d'argent pour vos besoins ou pour les pauvres, vous me le disiez. » Ces paroles révèlent aussi déjà chez Charles un esprit du renoncement et une charité qu'il portera avant peu jusqu'à l'héroïsme.

Ses premières études grammaticales et littéraires eurent lieu à Milan. De là il est envoyé (1554) à l'université de Pavie, dont il suit les

cours de droit civil et de droit canonique.
Cette dernière étude était pour lui pleine d'at-
traits ; il mettait à l'approfondir une application
qu'on eût dite impossible à son âge. Mais cette
ardeur doit dès à présent se concevoir sans
peine. Posséder la connaissance d'un tel endroit, c'est avoir acquis celle des Saintes Ecri-
tures, des œuvres des Pères et des théologiens
les plus distingués, des sentences et des traditions de l'Eglise ; c'est, en un mot, savoir ce
qu'il y a de plus important dans l'histoire, le
dogme, la morale, le culte et la discipline catholiques. Pour un adolescent pieux, quelle acquisition intellectuelle pourrait valoir celle-là ? A
ses yeux, bien au-dessus des autres sciences,
quelque estime qu'elles méritent, celle du salut
n'a-t-elle pas toute la distance qui sépare le
ciel de la terre ?

Du reste, les succès de Charles sur les bancs
des diverses écoles doivent servir d'encouragement aux élèves que la nature a doués moins
richement. Il est avéré qu'il avait une certaine
difficulté à s'énoncer, la conception un peu
lente et la mémoire assez ingrate. Son travail
soutenu, sa docilité rare suppléèrent donc à ces
défauts, de telle sorte qu'il n'en obtint pas moins
des couronnes glorieuses et multiples.

Quant à sa vie d'étudiant, elle fut exemplaire.
« Par sa piété, disent les historiens, sa prudence
et sa régularité, il offrit un modèle à l'université entière de Pavie. » Pour s'animer à l'accomplissement de ses moindres devoirs, remar-

quent-ils, Charles priait beaucoup ; il commu-
niait toutes les semaines ; et s'examinait souvent aux pieds de son crucifix ; il avait grand
soin surtout de ne suivre que des condisciples
vertueux. Bonheur à l'enfant qui s'est habitué
à porter ainsi dès le plus bas âge le joug léger et
doux de Jésus ! Il persévèrera dans le contente-
ment et la paix ; au ciel des joies sans fin le
dédommageront de son labeur de quelques jours.

La mort inattendue de son père, âgé seulement de 47 ans, vint révéler d'autres qualités
éminentes de Charles. Bien qu'il eût un aîné,
c'est lui qui fut choisi pour administrer cette
riche maison laissée sans chef.

Quittant Pavie, il revint donc à Arone s'occuper quelques semaines du bonheur des siens ;
il ne retourna continuer ses cours que « lorsqu'il eut tout ordonné chez lui avec une sagesse
et une abnégation rares. Ayant déjà pris mo-
ralement la place du père le famille, ses adieux
momentanés à ceux qu'il aimait, et dont il était
tendrement aimé, furent remarquables par les
conseils qu'il donna à tous, et en particulier
pour l'éducation de ses sœurs. « Par ce sage
gouvernement de sa famille, la Providence le
préparait au gouvernement d'une de ses plus
importantes églises. » (Le P. Giussano).

De retour à Pavie, il complète ses études et
il reçoit les honneurs du doctorat (1558), puis
il rentre à Pavie, dont sa piété avait étudié les
besoins et les goûts, lorsque de graves événe-

ments interrompent ses projets. A d'autres œuvres de dévouement et de zèle pour l'Eglise entière, la divine Providence allait le préparer et le conduire elle-même.

II

Appel et séjour de Charles à Rome. — Ses dignités.— Ses œuvres.

Le cardinal Jean-Ange de Médicis, frère de la mère de Charles, venait d'être proclamé pape sous le nom de Pie IV (26 décembre 1559). La famille Borromée fut heureuse et fière de cette élection ; Milan, dont le nouveau Pontife-Roi était un des praticiens les plus considérables, la salua avec enthousiasme.

Charles l'accueillit avec des sentiments opposés. Il fut instantanément saisi de cette inexprimable crainte qu'inspire à l'homme vraiment humble la pensée de se voir soit lui-même, soit ceux qu'il chérit, appelés à des fonctions d'autant plus difficiles qu'elles sont plus élevées. Sa première pensée fut une prière, et son premier acte une communion pour son oncle bien-aimé. Il avait suggéré ces mêmes sentiments à son frère Frédéric ; ensemble ils approchèrent de la sainte table.

Ce fait a été remarqué et il devait l'être, car la manière dont Charles acceptera les dignités qui bientôt vont l'illustrer, ne sera qu'une conséquence de sa conduite en ce moment. S'il ne considère dans la plus haute des distinctions de la terre qu'une plus redoutable responsabilité devant le tribunal de Dieu, alors qu'il ne s'agit que d'un parent, quelle sera sa résistance et son effroi quand il lui faudra prendre sur ses épaules mêmes une grande partie de ce fardeau ! tant il est vrai qu'en bien ou en mal tout s'enchaîne dans la vie du chrétien. En dehors de ces grâces soudaines qui transforment une âme comme saint Paul sur le chemin de Damas, l'homme n'arrive aux vertus héroïques que par l'étude et la pratique, soutenues des vérités et des préceptes communs de la foi.

Cependant le comte Frédéric va à Rome complimenter son oncle. Charles croit devoir ne pas l'y accompagner, mais il n'évitera pas les honneurs qu'il veut fuir.

Pie IV en effet se hâte de le mander auprès de lui et de l'investir des plus importantes charges ecclésiastiques. Appelé à diriger la Barque de Pierre dans des temps difficiles, il n'était que divinement inspiré en demandant le concours d'un jeune homme dont mieux que personne d'ailleurs il connaissait les éminentes qualités. Nul ne vit alors dans ces munificences envers un neveu une préférence née de pensées terrestres, un orgueil de famille, encore moins l'ombre d'une sollicitation de la part de notre saint. L'Eglise a toujours d'immenses besoins d'hommes de génie, de dévouement, de sainteté. Choisir malgré son âge le docteur à Pavie et à Milan, n'était donc qu'un acte de haute sagesse gouvernementale. Que cela soit dit une fois en passant, pour répondre aux hérétiques et aux autres ennemis de la papauté, s'étudiant à lui reprocher ce qui n'est le plus ordinairement qu'un mérite chez elle, et pour nous rappeler aussi à tous avec quelle réserve respectueuse nous devons juger des actes de nos supérieurs. Combien de fois l'avenir a prouvé que notre blâme tombait juste sur une inspiration céleste, qui était en eux une grâce d'état?

Charles est créé d'abord par son oncle protonotaire et référendaire; un peu plus tard cardinal, enfin archevêque de Milan. A ces dignités il joint bientôt celle d'administrateur temporel des légations de Bologne, de la Romagne et de la Marche-d'Ancône, partie importante des Etats-Romains ou Patrimoine de Saint-Pierre ; il est chargé également du protectorat de plusieurs ordres religieux. Contraint d'accepter successivement ces difficiles et si différentes fonctions, notre jeune saint va devenir ainsi naturellement l'auxiliaire, le confident le plus intime du siége apostolique. Remarquons toutefois qu'on ne trouva en lui qu'une résistance inflexible lorsqu'on lui proposa de l'argent ou des revenus nécessaires, lui disait-on, au rang encore plus élevé qu'il allait occuper. Plus on fit d'efforts

pour qu'il adoptât la vie fastueuse d'un prince,
plus il persista dans ses goûts simples et dans un
mode d'existence affranchi de tout stérile éclat.

L'acceptation de tant d'honneurs, en effet,
avait été pour lui une série de vrais sacrifices.
Naturellement, ou plutôt par suite de ses réflexions, il se sentait porté vers la solitude religieuse. Il dut céder, puisque Dieu lui manifestait sa volonté par l'organe de son représentant
suprême, mais sans renoncer pour cela aux
habitudes ou aux obligations claustrales compatibles avec ses devoirs nouveaux. Il s'en expliquait ainsi lui-même : « Je dois d'autant plus
mépriser les choses humaines, que Dieu m'a
conduit à ce mépris par des moyens extraordinaires qui méritent ma reconnaissance éternelle. Il a employé pour cela non les rigueurs
de l'adversité, ce qui arrive souvent. mais toutes les faveurs de la prospérité ; il a voulu que
je visse de plus près le néant des grandeurs de
ce monde, pour que mon esprit se fixât sur ce
qui seul est important et durable. »

Si donc pour se conformer à l'usage il demeura
dans un magnifique palais, s'il eut à son service
de nombreux domestiques, si, en un mot, il
s'entoura extérieurement de la pompe ordinaire aux premiers ministres d'une cour quelle
qu'elle soit, son cœur ne s'y attacha point, et
dans la réalité il n'en fut ni moins mortifié, ni
moins doux, ni moins humble.

L'attente du souverain pontife n'avait donc
pas été trompée. Charles était bien l'homme

prudent et zélé, le conseiller intègre, l'ami dé-
voué, le collaborateur docile, ardent, infatigable qu'il désirait pour l'aider à tenir le gouver-
nail de la Barque sainte si violemment agitée
alors. Ne voyant en tout que la gloire de Dieu,
le jeune cardinal faisait admirer et bénir sa
justice, sa sagesse et son désintéressement ;
mais répétons encore ici que ce déploiement rare
des qualités constitutives d'un bon ministre, il
le devait avant tout à la méditation, à la prière
et à l'éloignement des joies de ce monde.

Ici ne vous étonnez pas, lecteurs, de voir
louer Charles pour des habitudes pieuses qui
ne sont bien en réalité que la conséquence naturelle, non-seulement de l'exercice de l'épiscopat, mais même du simple sacerdoce. Il y a en
effet dans le pontificat deux choses fort distinc-
tes : la juridiction et l'ordre. On peut se trouver
à la tête d'un diocèse et l'administrer sans être
pour cela revêtu de la prêtrise. Depuis longtemps on ne voit plus s'élever à l'épiscopat que
des hommes oints de l'onction sacerdotale ; mais
auparavant la juridiction quelquefois existait
sans elle.

Ainsi Charles, quoique archevêque de Milan,
n'appartenait de fait par aucun lien indissoluble
à la tribu sacrée. Il était tellement libre de s'é-
tablir dans le monde comme tout laïque peut le
faire, qu'à la mort de Frédéric, son aimé et unique
frère, survenue à cette époque, on le pressa

beaucoup de se marier, afin d'empêcher l'extinction de la noble famille des Borromée.

Les lecteurs voient maintenant pourquoi on a eu raison de le louer d'avoir offert le modèle des vertus épiscopales, lorsque, âgé seulement de vingt-trois ans, possesseur d'une immense fotune, neveu chéri d'un grand pape, il pouvait se borner aux vertus communes d'un simple fidèle, et mener au milieu des enfants du siècle une de ces existences qu'ils proclament heureuses, et qui excitent leur envie.

Charles vivant auprès de son oncle ne négligeait donc rien pour répondre à ses espérances, et en même temps acquérir l'esprit de l'état sublime auquel il remerciait Dieu de l'avoir ainsi visiblement appelé. Outre le travail administratif, la prière et les autres bonnes œuvres auxquels il se livrait afin de devenir le prêtre et l'évêque parfait, il donnait de longues heures à l'étude. Cette étude embrassait principalement la littérature, l'histoire naturelle et la philosophie, et il la rendit plus utile et plus salutaire à lui-même et aux autres par la fondation des *nuits vaticanes.*

Ces deux mots à eux seuls disent la pensée et l'œuvre de saint Charles. Comme ses journées entières étaient absorbées par la multiplicité des affaires publiques, il ne pouvait que tenir *la nuit* ces conférences précieuses, qui heureusement nous ont été transmises. Protecteur zélé des gens de lettres et des ecclésiastiques instruits et laborieux, il en réunissait un grand nombre autour de lui dans une salle du *Vatican*, et là, par une noble émulation, chacun s'efforçait d'acquérir les connaissances dont il leur montrait les avantages ou la nécessité. Fondation honorable pour lui, bien utile à la religion, puisque d'elle sortirent plusieurs princes de l'Eglise, entre autres Grégoire XIII. Là il vainquit lui-même la difficulté physique qu'il éprouvait à parler, et il se forma à l'éloquence de la chair. Là, commençant cette étude des hommes et des choses, dont la profondeur se révélera plus tard dans ses *instructions* et ses *catéchismes* immortels, il composa ses sermons sur les *huit béatitudes* et sur *les principales vertus chrétiennes*, qui lui assignent une place distinguée, surtout son discours de l'*amour de Dieu*, parmi les meilleurs écrivains de la vie spirituelle. Ainsi l'illustre Augustin s'était-il préparé, à Cassissiacum, à ces triomphes de la parole et de la plume qui donnèrent à l'Eglise africaine une phalange de défenseurs invincibles.

Telles furent les occupations de Charles pendant les cinq années que, sur les instances de son oncle, il passa à Rome. Sur les instances, disons-nous; sans doute il savait que l'autorité du vicaire de Jésus-Christ pouvait le dispenser de résider à Milan; sans doute en choisissant le pieux et digne Oromanète pour l'y remplacer, revêtu de l'ordination épiscopale et de tous ses pouvoirs de juridiction, il voyait que le diocèse ne souffrait point de son absence; sans doute enfin, par une correspondance régulière, il y suscitait des réformes et y rétablissait l'ordre ; tout cela cependant ne rassurait pas entièrement sa conscience. Dieu lui rendit la paix intérieure par l'organe du savant et pieux archevêque de Brague, Barthélemy des Martyrs.

Ce prélat, une des lumières plus éclatantes de la sainte assemblée de Trente, y avait plus que tout autre contribué aux décrets ordonnant aux évêques de rester dans leurs diocèses, à moins de raisons très graves. Appelé à Rome par Pie IV, il sembla à Charles l'homme providentiellement envoyé pour lui tracer à lui-même sa conduite. « J'attends votre décision, lui dit notre jeune cardinal avec la simplicité d'un enfant parlant à son confesseur ; je resterai ou je quitterai comme si Dieu même me répondait. Il y a longtemps que je prie le ciel avec toute la ferveur dont je suis capable. Vous n'ignorez pas les dangers qui m'entourent ; tout ce que je désire, c'est de servir le Seigneur et de me sauver. Je me sens un grand amour pour la pénitence. J'aime passionnément la solitude ; je serais heureux de rompre mes chaînes et de m'ensevelir dans un monastère. Que dois-je faire ? prononcez. »

Pénétré d'admiration et de respect pour son jeune collègue, Barthélemy, quelque inflexible que fût sa sévérité dans tout ce qui avait trait à la discipline, lui répondit instantanément : « Le vieillard, votre oncle bien-aimé, a besoin de votre secours ; que votre conscience se rassure.

Puisque vos occupations se rapportent toutes aux intérêts de l'Eglise universelle, restez ici, disposé à vous rendre à Milan pour gouverner en personne votre diocèse dès que les circonstances le permettront. » Cette solution si honorable pour notre saint, fut accueillie par lui avec une joie indicible et une reconnaissance profonde. Se jetant dans les bras du digne pontife, il ne put que proférer ces mots : « C'est Dieu qui vous a fait aussi venir ici pour mon bonheur; maintenant que je connais sa volonté, je m'efforcerai de l'accomplir fidèlement. »

De quel commentaire accompagner un pareil fait? C'est bien la traduction vivante de cette phrase du doux Fénelon : « Je ne connais rien de si tendre, de si aimable, de si fidèle, de si bon, de si généreux qu'un cœur qui aime véritablement Dieu par-dessus toutes choses. »

III

Part active de Charles à la clôture du saint concile de Trente et à la réalisation de plusieurs réformes décrétées par cette assemblée.

En 1562, Charles prit successivement tous les ordres avec ces dispositions d'esprit et de cœur que tous les ministres du sanctuaire demandent à Dieu dans ces moments solennels. Quant à la consécration épiscopale, il voulut la recevoir le jour anniversaire de celle de saint Ambroise, et ce fut les yeux fixés sur le plus illustre de ses prédécesseurs qu'il se voua , dit M. de Falloux, aux travaux, au martyre même de la charge pastorale. »

Cette année et la suivante furent remarquables dans le monde par les dernières sessions du concile de Trente. Avant de dire comment, *dans son diocèse,* Charles se montra le propagateur des réformes décrétées par la vénérable assemblée, plaçons ici quelques mots et sur elle et sur la part qu'il y prit *en général.*

Convoqué en vain par Clément VII, commencé sous Paul III, continué sous Jules III, Paul IV et Pie IV, ce concile fut gêné dans ses réunions, interrompu maintes fois dans ses travaux par le mauvais vouloir de plusieurs têtes couronnées, trompées, ou plus ou moins secrètement gagnées par l'hérésie

Investi de toute la confiance du Saint-Siége et des pouvoirs spéciaux les plus étendus, on vit donc Charles représenter avec bonté , mais énergiquement, aux princes et aux évêques, la nécessité de clore le concile pendant que son vieil oncle vivait encore, la responsabilité grave qu'ils assumaient sur leurs têtes en différant la confection ou la publication définitive de décrets qui intéressaient au plus haut degré la cessation des désordres dans la chrétienneté. Correspondant directement avec les légats, c'est lui qui recevait leur rapport quotidien , qui le soumettait à son oncle dans le consistoire des cardinaux, dont lui et son saint ami , le cardinal Alexandrin

(bientôt saint Pie V),étaient les oracles respectés,
et qui transmettait à Trente les décisions prises.
Pour lui, pendant ces deux années, pas un seul
moment de distraction ni de repos ; si les cour-
riers des légats arrivaient la nuit , on devait
immédiatement le réveiller ; le jour il quittait
tout pour éviter la perte d'un moment dans ces
graves circonstances. Aussi eut-il le bonheur de
voir, le 26 janvier 1564 , dans un consistoire
spécial dont il faisait partie, son oncle confirmer
les décrets de cette réunion œcuméniqne qui
avait pris fin le 4 décembre de l'année précé-
dente.

Pour connaître les véritables *réformateurs*
posons-nous maintenant cette question : Lorsque le protestantisme commençait à inonder
de sang la plus grande partie de l'Europe, et à
la couvrir de ruines matérielles et morales, où
étaient donc la vérité, la sainteté? où était Dieu?
où se trouvait cette Eglise qu'il avait fondée
sur Pierre? La reconnaissez-vous dans ces moines et ces prêtres apostats déversant l'outrage
et la calomnie sur les évêques assemblés à
Trente, et complotant au fond d'ignobles taver-
nes sur les moyens plus sûrs d'étouffer chez les
peuples la docilité filiale à la papauté, en faisant
appel à tout ce qu'il peut y avoir de plus abject
au fond du cœur humain ?

Détournant votre regard de ce hideux tableau,
ne la reconnaissez-vous pas plutôt telle que
Jésus a voulu la fonder et la conserver dans ces
hommes de toute nation réunis pour préciser

les devoirs, encourager la vertu ; signaler les
erreurs et les vices, rappeler à tout ce qui doit
être aimé ou haï ! Qu'ils sont bien les envoyés
et les représentants de Dieu ces pasteurs qui,
en face des autels, animés d'une même foi, d'une
même charité, ne laissent point un doute sub-
sister sur les moindres articles du dogme, de
la morale et de la discipline, un vice, un abus,
sans le frapper d'anathème ! Encore une fois, où
était Jésus ? où était son Eglise, sinon avec les
Barthélemy des Martyrs, les Thomas de Ville-
neuve, les François de Sales, les Pie IV, les
Pie V, qui accueillant avec respect les canons
du concile comme émanant du ciel même, n'hé-
sitaient devant aucun sacrifice pour y rallier
sincèrement les justes et les pécheurs ; qui tâ-
chaient d'en traduire dans leur propre vie jusqu'aux moindres conseils ; qui enfin, en recevant de Dieu le pouvoir d'opérer d'incontestés
miracles, montraient visiblement au monde quel
était celui qui les envoyait ?

Groupez autour de ces *saints reformateurs*
dont les vertus obtinrent les respects forcés de
l'impiété, les Ignace de Loyola, les Gaëtan de
Thienne, les Camille de Lellis, les Philippe de
Néri, les Vincent de Paul, les Pierre d'Alcantara,
les François Borgia, les Jean de Dieu, les Jean
de la Croix, les Louis de Gonzague, les Thérèse
de Cépède, les Angèle de Bresse, les Françoise
de Chantal, et tant d'autres hommes ou femmes
qu'une héroïque émulation attirait par multitudes sur leurs traces, et vous ne douterez pas

que si, pour éprouver nos âmes, Dieu souffre dans son Eglise des divisions et des scandales, jamais il ne permet au mal d'y prévaloir de telle sorte que les yeux ne puissent plus y discerner les rayons de la divine Lumière. « A cette époque, dit l'éloquent auteur de la vie de saint Pie V, le cloître et l'épiscopat, l'armée et l'école fournissaient des héros à l'Eglise, afin que toutes les professions comme toutes les contrées rendissent témoignage de la sève intarissable qui coule dans les veines secrètes du catholicisme. »

Oh! oui, gloire à Dieu! bénédiction à ses saints! Comme le cœur catholique sent la force divine de ses croyances, rien qu'en lisant les actes de ces réunions œcuméniques! Comme il reconnaît là les héritiers directs, les légitimes successeurs de ceux à qui Jésus-Christ a dit : *Allez, enseignez les nations, je suis avec vous jusqu'à la consommation des âges.* L'histoire à la main comparons ce qui s'est fait à Nicée, à Constantinople, à Chalcédoine, à Florence, à Trente, en juin dernier à Rome, avec ces assemblées ténébreuses, ces conciliabules sans nom de Genève ou de Berlin, où l'on voit de prétendus ministres du pur évangile apportant chacun sa négation, son blasphème, incapables de s'entendre sur le premier article d'un symbole quelconque, n'osant même pas aborder la question de la divinité du Sauveur, de peur de trouver les uns et les autres la mort dans la solution contradictoire qu'ils essaieraient d'en donner; ne voulant ni entre eux, ni avec Luther et Calvin, rien de commun que la même haine le même mot d'ordre : PÉRISSE L'EGLISE ROMAINE !...

Nous venons de dire que le jeune cardinal seconda beaucoup Pie IV dans la clôture du concile de Trente ; il ne contribua pas moins à mettre immédiatement en vigueur les décrets et les simples recommandations de l'auguste assemblée.

Ainsi le voyons-nous aider son oncle à fonder un collége dans Rome même , sous la direction des Pères de la Compagnie de Jésus. Suscités de Dieu depuis peu d'années, ces disciples d'Ignace montraient déjà quel secours ils prêteraient à l'Eglise contre la grande hérésie qui la désolait. Appeler de tels hommes à former à la science et à la piété les ministres du sanctuaire, c'était à la fois répondre aux vues du concile demandant partout l'établissement des séminaires, et dire à tous les pasteurs du monde catholique dans quel esprit, sous quelle discipline ils devaient élever ces maisons pour se procurer des aides ou des successeurs selon Dieu.

Charles prit une part active à la confection de la formule de foi à exiger de quiconque se serait appelé à exercer dans l'Eglise une charge, un peu importante , formule claire, précise, complète, qui de nos jours est obligatoire et se répète encore intégralement dans les mêmes circonstances. Au moyen de cet inflexible *Credo*, les hérétiques ne pouvaient plus se glisser dans le sanctuaire ; les loups envahir, sous la peau de brebis, le bercail sacré. « ... Je reconnais, doit dire le prêtre à genoux aux pieds de l'au- tel, que l'Eglise romaine, sainte, catholique et apostolique, est la mère et la maîtresse de toutes les églises ; je promets et je jure une pleine obéissance au pontife romain, succes- seur de saint Pierre. Je crois indubitablement, et je confesse de même tout ce que nous ont trans- mis, tout ce qu'ont défini et décrété les saints canons et les conciles œcuméniques, et spéciale- ment le saint concile de Trente ; et en même temps je condamne, je rejette et j'anathématise avec l'Eglise tout ce qui est contraire à ses dé- finitions, et toutes les hérésies qu'elle a con- damnées... »

C'est ainsi que Charles, accomplissant les prescriptions de la vingt-quatrième session de ce concile relatives à la *réforme*, cherchait à rétablir l'ordre et la ferveur dans l'Eglise, à dé- livrer le sanctuaire de ces malheureux traîtres sacrifiant tour à tour à Dieu et à Bélial, ou plutôt ces autres Judas vendant le Fils de l'homme pour quelque vile idole.

Il contribua encore à cette rénovation de la piété et des mœurs par le concours qu'il apporta à la composition du *Catéchisme du concile de Trente*. Dans ce travail, dont nul plus que lui ne sentait l'importance et la nécessité, il eut pour aides Sinconette, évêque de Pesaro, « plus éminent encore par l'intimité de saint Charles que par la pourpre romaine (de Falloux); »

Sirlet, « un des hommes les plus doctes de son siècle, versé dans les belles-lettres, dans les langues grecque et hébraïque (le même). »

Assurément il est glorieux pour Charles d'avoir attaché son nom à une œuvre pareille. Pour en apprécier la valeur, ajoutons seulement les témoignages suivants :

L'illustre ami de notre saint, l'évêque Valère, écrivait dans son *Livre aux acolytes de Vérone:* « C'est véritablement un don que Dieu nous a fait en ce temps pour rétablir la discipline dans la république chrétienne. Cet ouvrage est si remarquable, si profond et si clair, qu'il semble que ce n'est point un homme qui l'a écrit c'est l'Eglise elle-même, notre sainte mère, guidée et inspirée par le Saint-Esprit, qui y parle et nous y instruit. Vous qui êtes déjà avancés en âge, lisez-le sept fois et plus. Démosthènes, dit-on, pour se rendre éloquent, écrivit huit fois de sa main les harangues de Thucidide, tellement qu'il les savait par cœur. A combien plus juste titre ne devez-vous pas lire et copier même plusieurs fois un tel livre, composé par ordre du concile de Trente? »

Clément XIII, en faisant rééditer ce catéchisme pour en rendre l'acquisition facile aux plus pauvres, adressait, en 1761, aux patriarches, primats, archevêques et évêques de la chrétienneté entière, une bulle se terminant ainsi :

« A vous maintenant, vénérables frères, de travailler à faire accepter par les fidèles ce secours si avantageux que notre sollicitude vous présente pour repousser les dangers des opinions nouvelles et consolider la véritable et sainte doctrine dans ces moments difficiles.

» A l'exemple de nos prédécesseurs, nous vous le recommandons avec force, et vous pressons vivement d'exiger de tous ceux qui ont charge d'âmes qu'ils l'emploient pour sauvegarder tout à la fois l'unité dans la doctrine, la charité et la paix dans les cœurs. Veiller à la tranquillité générale est votre affaire... »

Notre saint était donc bien fondé à écrire au cardinal Henri de Portugal, oncle du roi de ce pays : «Nous avons presque achevé ce catéchisme ; c'est un ouvrage excellent ; ceux que nous y avons employé y ont travaillé de manière que rien n'y manque. » Ainsi encore le voyons-nous obliger tous ses clercs à en faire une lecture assidue aussitôt qu'ils auront atteint l'âge de dix ans.

Le temps n'a fait que confirmer la justesse de cette appréciation. Ce catéchisme, en effet, a servi de type à ceux de tous les diocèses ; et, plus ou moins développés, ils n'ont qu'une valeur proportionnée à la reproduction plus fidèle qu'ils en donnent. Objet particulier des études des élèves du sanctuaire, ce catéchisme, bien compris et médité, leur fournit encore la série la mieux coordonné des instructions par lesquelles ils devront un jour diriger les fidèles qui leur seront confiés. « Charles, dit la légende de son office, a écrit beaucoup de choses très uti-

'es, surtout aux évêques ; à ses soins en particulier on doit le *Catéchisme aux pasteurs.* »

La dernière grande œuvre de Charles ayant
directement trait au bien général de l'Eglise,
c'est la révision des livres liturgiques. Le concile avait décidé que le Bréviaire, le Missel, les
Rubriques, seraient l'objet d'une correction sévère, afin que non-seulement l'erreur ne péné-
trât nulle part, mais encore qu'il y eût sur toute
la face de la catholicité mêmes prières, mêmes
cérémonies, même culte. Charles travailla sous
les ordres du Saint-Siége à cet examen minu-
tieux et difficile, il aida à composer ces volumes
sacrés qui, altérés un peu plus tard, en France
surtout, par le jansénisme, ont été naguère re-
pris tels qu'ils étaient, et plus que tout autre
cause ont contribué à rattacher à l'Eglise Mère
et Maîtresse, au centre principal, les églises
éparses dans les cinq parties du monde. Ordre
incomparable, harmonie céleste, triomphe divin de l'unité désirée par le Sauveur, pour laquelle coulèrent ses larmes et son sang, et dont
l'univers dans l'admiration a reçu la grâce insigne de pouvoir contempler la puissance, le
jour où près de trois cents de ses pontifes entouraient Pie IX dressant un autel *aux martyrs
du Japon !* (8 juin 1862).

Tout en secondant son oncle dans le gouvernement général de l'Eglise, Charles ne perdait
pas de vue son diocèse de Milan. Mais pour ne
pas interrompre l'exposé que nous ferons bientôt de ses efforts et de ses travaux dans cette

importante métropole de la Lombardie, nous parlerons ici du motif qui l'y fit apparaître quelques jours seulement.

Pressé de la visiter, sur les prières réitérées de son coadjuteur Oromanète, il obtint de Pie IV la permission d'y aller assister à un concile provincial. Bientôt, recevant de son oncle l'ordre de se rendre à Trente par Vérone, pour recevoir en son nom les sœurs de l'empereur Maximilien III, Barbe, duchesse de Ferrare, et Jeanne, duchesse de Florence, il avait accompagné la seconde jusque dans la Toscane, lorsque un courrier dépêché en toute hâte vint lui apprendre que ce même oncle était très dangereusement malade.

Plein de tristesse, il partit immédiatement pour Rome. Mais, ce semble, un seul motif l'y poussait. La longue vie de Pie IV s'était écoulée au milieu de mille épreuves amères. Voyant avant tout dans son oncle bien-aimé l'homme, le pontife appelé à rendre à Dieu un compte plus sévère encore que le reste des mortels, le pieux archevêque voulait lui aider à se préparer pour le moment suprême. On a recueilli ces édifiants détails :

A peine en présence de l'auguste malade, il prend un crucifix, et il lui dit en appelant son regard sur le signe adoré : « Très Saint-Père, que vos pensées et vos désirs se fixent désormais sur le ciel ! Voyez le Crucifié, unique fondement de nos espérances ! c'est notre médiateur, notre avocat. la victime immolée pour nos péchés. Voyez-le, bonté et patience même ; sa miséricorde fléchit sous les larmes des pécheurs; jamais il ne refuse le pardon au contrit et humilié qui le lui demande. »

Puis il lui dit qu'il avait une grâce insigne à lui demander, et celui-ci lui répondant qu'il ne lui refuserait rien de ce qui pourrait lui être agréable, il ajouta : « Eh bien ! très Saint-Père, mon désir, c'est que les jours qui vous restent à vivre soient exclusivement consacrés aux besoins de votre âme ; ne pensez plus qu'à l'éternité. Dieu ne vous demande pas maintenant d'autre travail ni d'autre sollicitude. »

Et le saint vieillard croyant entendre la voix même du ciel dans ces paroles d'un dévouement aussi sincère et entier, permit à Charles de donner des ordres pour que personne ne vînt troubler le recueillement de sa cellule changée en oratoire. Plein de confiance dans ce neveu qu'il vénérait, il voulut recevoir de sa bouche les consolations, et de ses mains les sacrements de la dernière heure. Seuls saint Philippe de Néri et Charles veillèrent autour de la couche de Pie IV, qui, en décembre 1665, mourut en prononçant ces mots de divine espérance : *Laissez maintenant, Seigneur, votre serviteur entrer dans votre paix !*

Charles resta à Rome jusqu'à l'élection du successeur de son oncle. Ce qui montre l'ascendant que sa prudence et ses éminentes vertus lui donnaient sur les membres du collége apostolique, ce sont ces simples mots qui se trouvent dans toutes les histoires : « Saint Charles Borromée fit tomber tous les suffrages sur Pie V. » Et elles remarquent avec raison combien en cela sa conduite fut admirable, comment il se comporta de manière à convaincre ses collègues que, supérieur à ces passions qui aveuglent trop souvent à leur insu les âmes les plus délicates, il ne cherchait que la gloire de Dieu et le bien de l'Eglise. Pie V appartenait en effet à une famille puissante, dont Charles personnellement, ainsi que son oncle, avait eu beaucoup à se plaindre. Mais s'élevant au-dessus de toute considération humaine, notre saint vit uniquement dans le cardinal Alexandrin le pontife qui, par son génie, sa fermeté, son zèle ardent, son invincible amour pour l'Eglise, avait déjà donné des garanties qui ne se démentiraient pas sur la chaire de saint Pierre.

Cette page de *la vie de saint Pie V* complétera notre analyse : « Dans le conclave qui s'ouvrait, tous les regards se tournèrent d'abord vers l'archevêque de Milan. Charles n'était âgé que de vingt-trois ans lorsque son oncle lui conféra la pourpre, et le jeune cardinal, dans le maniement des affaires les plus délicates, avait promptement mérité l'amour des peuples ainsi que la confiance des rois. A peine entré dans sa vingt-huitième année, il se trouvait le chef de la plus notable partie des cardinaux, et derrière lui consentaient à se ranger les diverses influences étrangères...

» ... Il n'entra dans le conclave qu'avec la erme résolution d'immoler ses propres affections à l'intérêt de la chrétienté ; il tint parole, Les cardinaux Borromée, Morone et Farnèse firent porter tous les suffrages sur le cardinal Alexandrin. Pour vaincre la résistance de l'humilité de l'élu, ils prirent tour à tour la parole avec une extrême chaleur, et s'apercevant que l'autorité de leurs raisons allait échouer contre l'inflexibilité de ses refus, ils l'arrachèrent de sa cellule avec une sorte de violence et l'entraînèrent dans leurs bras jusqu'à la chapelle... Tous les cardinaux réunis se jetèrent à genoux dès qu'ils le virent paraître, et proclamèrent le plus pauvre d'entre eux, mais celui-là, il est vrai, que présentait saint Charles Borromée. Ce saint pape prit le nom de Pie comme un témoignage de soumission envers Borromée, qu'il honorait ainsi dans la mémoire de Pie IV.

» Quand Dieu veut illustrer un roi de la terre, il assigne d'éclatantes facultés à ses guerriers et à ses administrateurs ; quand Dieu veut favoriser un pontificat, il lui envoie de grands ministres et de vaillants capitaines dans l'ordre spirituel, c'est-à-dire des saints !...

» Saint Charles, sous les auspices duquel ce pontificat avait été inauguré, occupera le premier rang au nombre des coopérateurs directs du souverain pontife. »

Pie V voulut d'abord le garder auprès de sa personne, ajouter même aux honneurs qui le distinguaient ; mais les motifs qui pouvaient dispenser le pieux archevêque de résider dans son diocèse avaient cessé, pensait-il, avec la mort de son oncle. Aux instances du nouveau pape, il ne répondit donc que par des prières réitérées de le laisser partir, et, sa demande accueillie, il se rendit à Milan, le 5 avril 1566. M. de Falloux raconte ce départ d'une manière différente, mais non moins glorieuse pour Charles : « Pie V, dit-il, désirait le conserver dans les conseils du Vatican ; mais l'Eglise avait besoin du secours puissant de l'exemple à tous les degrés de la hiérarchie, et il voulut que Charles devînt sur le siége de Milan le flambeau de l'épiscopat. »

IV

Zèle de Charles pour la sanctification de son diocèse. — Le nouvel Ambroise. — Ses conciles et ses synodes. — Ses visites pastorales. — Son estime de la prédication. — Du Catéchisme, etc. — Ordres religieux, communautés, etc. — Oblats de Saint-Ambroise. — Triomphes de Charles sur l'hérésie.

Nous restreindrons ce chapitre à une explication sommaire de ces mots de l'office de Saint-Charles : « Il s'attacha à refaire son Eglise selon les prescriptions du concile de Trente, que sa sollicitude avait contribué à terminer. Pour ré-

former la dépravation de son troupaau, il convoqua plusieurs synodes. »

Entre toutes les choses capables d'entretenir
et de vivifier notre amour pour l'Eglise, assurément le spectacle des merveilles opérées par un
saint tient un des premiers rangs. Ainsi que
tableau offrait vers la fin du XVIe siècle l'immense
province ecclésiastique de Milan ! Quels désordres, quelle ignorance, quelle décadence honteuse de la foi et de la morale presque dans
toutes les classes de la société ! Là, au lieu de
conduire leurs brebis dans les pâturages de la
doctrine et de la vertu, des pasteurs merce-
naires les égaraient et les livraient à la mort.
Là surtout, au lieu de former les plus beaux
rayons visibles de la couronne royale du Sauveur, plusieurs ordres religieux encourageaient
par mille scandales la corruption d'un peuple
qui les provoquait à son tour à l'oubli de tout
devoir, de tout honneur ! A Milan se réalisait la
menace d'Isaïe : *Le prêtre sera comme la foule.*

Voilà le triste, le détestable mal qui s'offre à
nos regards, et pour y porter remède, pour le
guérir, il suffit d'un saint ! Oui, encore une fois,
de tels faits rattachent à la vérité ; oui le *doigt
de Dieu est ici* ; humainement vous n'explique-
rez jamais cette résurrection morale et presque
soudaine d'un grand peuple

Charles, obligé de rester auprès de son oncle, n'avait rien négligé pour que le diocèse
dont il était pasteur souffrit le moins possible
de son absence. Nous avons dit les pouvoirs

dont il avait investi Oromanète. Le choix de ce
très digne prêtre, qui bientôt occupera auprès
du Saint-Siége d'importantes fonctions, déchar-
geait singulièrement sa responsabilité personnelle. Il correspondait journellement avec ce
coadjuteur ; il lui transmettait non-seulement
des instructions, mais encore ses pensées intimes pour arriver insensiblement à l'amélioration des âmes dont il avait accepté la conduite
difficile, et dont il n'oublia jamais qu'il aurait à
rendre compte. Comme précurseurs et prépara-
teurs de sa mission, il associait à ses vues plusieurs religieux recommandables, et principalement des jésuites ; il leur traçait leur emploi,
et puis les envoyait évangéliser Milan d'abord,
et les localités où la religion était plus outra-
gée. Tel un habile général avant de se montrer
détache des avant-gardes de soldats aguerris,
qui chacun dans son poste doivent lui ouvrir le
chemin de la victoire.

Mais cette sorte d'administration ne suffisait
pas à sa conscience. Ayant obtenu de son oncle la permission de faire à Milan une courte
apparition, il se hâta d'y aller inspirer de son
zèle celui d'Oromanète et de tous ces mission-
naires qui voyaient tristement échouer leurs
plus généreux efforts contre la haine et l'endur-
cissement des pécheurs. Il se mit lui-même immédiatement à l'œuvre. La réception qu'il avait
reçue de sa ville métropolitaine avait donné à
son cœur quelques consolations et quelques espérances. « C'est un autre Ambroise que Dieu

nous envoie, s'étaient écriées en effet les multitudes, le jour même de son entrée pastorale. Vie et bonheur à notre bon archevêque ! »

Ecoutons le P. Giussano ; l'autorité de ce témoin, que nous avons déjà cité, est d'autant moins irrécusable, que, s'attachant de bonne heure à Charles, devenant un de ses principaux *Oblats de Saint-Ambroise*, il ne parle que de ce qu'il a vu et entendu : « Il m'est impossible, dit donc ce religieux qui avait vécu dans l'intimité du saint pontife, de vous raconter avec quels témoignages d'amour et de respect il fut reçu par les habitants. La joie la plus vive se faisait remarquer sur tous les visages. J'étais alors fort jeune, et je me rappelle encore aujourd'hui que lorsqu'il vint pour la première fois, on entendait de tout côté ces mots : « C'est un autre Ambroise. » Les rues et les places étaient ornées de guirlandes, d'emblèmes, d'arcs-de-triomphe. »

Par de douces et affectueuses paroles prononcées du haut de la chaire, il acheva de se concilier la plupart des Milanais laïques ; mais le bon clergé lui voua bientôt une vénération encore plus profonde, parce qu'il eut occasion de le voir et de l'entendre de plus près.

Pour obtenir ces divers résultats, Charles, dès les premiers jours de son arrivée, convoqua le concile de sa province dont il était métropolitain. Onze évêques, ses suffragants, et deux cardinaux étrangers répondirent à son appel. Au nombre de ces derniers, se trouvait Nicolas

Sfondrate, évêque de Crémone, qui occupa dans la suite le siége papal sous le nom de Grégoire XIV. Les prélats qui ne purent se rendre à la réunion y envoyèrent des députés,

Les *Actes de l'Eglise de Milan* mentionnent la sagesse et la piété admirables dont notre saint, âgé seulement alors de vingt-six ans, fit preuve dans cette circonstance solennelle ; ils témoignent de l'attention et du respect religieux avec lesquels il fut écouté par cette élite hiérarchique du clergé milanais. Possédant à fond et la connaissance des moindres règles décrétées à Trente et celle des besoins des populations, il dirigea si bien sur ces divers points l'étude et les délibérations des pères, que pas un seul abus n'échappa à sa vigilance et à leur flétrissure commune. Aussi bien Pie IV non-seulement confirma-t-il tous ces *actes conciliaires*, mais encore écrivit-il à son neveu une lettre de félicitation on ne peut plus honorable.

Ce fut peu de jours après la réception de cette lettre que notre saint se rendant à Trente, ainsi que nous l'avons dit dans le chapitre précédent. redescendit soudain à Rome assister son oncle au lit de mort, et contribuer beaucoup à l'élection de saint Pie V.

Le 5 avril 1566, nous le retrouvons donc à Milan. «Autrefois, sur ce même siége, dit M. de Falloux, un évêque entendit sainte Monique, mère éplorée, lui demandant jusqu'à quand se prolongeraient les égarements de son fils : — Rassurez-vous, répondit l'évêque, l'enfant de tant de larmes ne périra pas. » Et le fils de Monique devint saint Augustin. Aujourd'hui c'est un peuple entier, enfant bien-aimé de son père spirituel, qu'il s'agissait de régénérer par l'effusion adoptive de l'amour et de la foi ; mais l'esprit du siècle n'était pas encore vaincu dans sa lutte contre l'esprit de pénitence, et il ne s'agissait de rien moins que de faire changer de face à une vaste capitale et à une portion considérable d'un nombreux clergé. Ce qui aurait abattu un courage vulgaire ne servit qu'à relever celui de Borromée. »

Bascapé, général des Barnabites, puis évêque de Novare, qui avait eu le bonheur d'être un des collaborateurs familiers du saint, dont il a aussi écrit l'histoire fort détaillée, décrit ainsi l'état de l'Eglise de Milan à cette époque : «Depuis environ quatre-vingts ans, à quelques intervalles près, elle était abandonnée de ses pasteurs et laissée comme une proie à une troupe d'hommes qui n'étaient occupés qu'à détruire cet infortuné troupeau. La ville, les campagnes, toute la province, étaient infectées de toute sorte de vices. » Et à l'appui de cette assertion, il cite plusieurs faits que nous omettrons, parce que, d'une part, ils ne seraient propres qu'à attrister les lecteurs d'une piété solide et éclairée, et, d'autre part, à mal édifier ceux qui, approfondissant peu les choses, n'en tireraient pas cette conclusion qui naturellement doit s'en déduire : « Plus dans l'Eglise se trouvent de désordres, plus se fortifie la preuve qu'elle est l'œuvre de Dieu. Œuvre de l'homme, elle aurait péri, par là même qu'elle portait dans son sein des divisions, des schismes, des hérésies, des scandales, principes de mort auxquels nulle institution humaine ne saurait résister. Donc, la plus plausible démonstration de la divinité de l'Eglise, c'est sa perpétuité à travers les siècles, en dépit de ces cruelles et lamentables épreuves qu'elle a subies à chaque pas de sa marche vers la consommation des temps. »

Pour sauver les brebis, il faut d'abord détourner de l'abîme les pasteurs qui les y mènent se perdre avec eux. Le premier objet de la sollicitude de Charles fut donc l'amélioration des prêtres et des autres âmes spécialement consacrées à Dieu. Revêtu de pleins pouvoirs en vertu d'une bulle de Pie V, datée du premier mois de son couronnement, il convoqua successivement six conciles provinciaux, où, avons-nous dit, des évêques seuls se trouvaient. Les *Actes de l'Eglise de Milan* racontent quelle impulsion fut donnée à la catholicité entière par ces pontifes prenant pour eux-mêmes et pour leur diocèse des résolutions dont leur président inspirait la sagesse et la force. En 1657, l'assemblée du clergé de France faisait imprimer à ses frais et répandait partout les *Instructions aux professeurs* qui se trouvent dans le deuxième volume. Uue telle mesure dit la valeur de cette collection.

A ces réunions de pontifes ajoutez-en onze synodales, c'est-à-dire formées des simples prê-

tres. Rien ne montre peut-être mieux de quelle
vénération filiale notre jeune archevêque était
entouré que l'empressement du clergé inférieur
et des religieux à se rendre autour de lui. En
vérité, ne fallait-il pas qu'il y eût en sa personne quelque chose d'extraordinaire, pour
qu'en ces tristes jours où l'*abomination de la
désolation* régnait dans le sanctuaire, il vît
pendant trois ou quatre jours consécutifs jusqu'à quinze cents prêtres recueillant dans le silence ses conseils, ses recommandations, ses
reproches amers ?...

Reproches, disons-nous. Une des qualités qui
a immortalisé surtout le nom du doux Charles,
c'est une fermeté inflexible. Point d'obstacle qui
l'arrêtât. Ne considérant que son devoir et la
règle, il s'attaquait aux plus rebelles, sans tenir
compte de leur rang social, de leur influence
ou des priviléges abusifs qu'ils pouvaient lui opposer. Nous verrons bientôt quelques preuves de
cette énergie vraiment épiscopale.

Ce qui affaiblit et éteint bientôt aussi dans
le cœur des peuples jusqu'au sentiment moral,
c'est le dédain de la parole de Dieu. Malheur
au fidèle qui, oublieux des engagements de son
baptême et de sa première communion, en laisse
peu à peu éteindre en lui le salutaire souvenir
par son éloignement volontaire de la chaire de
vérité ! Mais encore plus malheur au prêtre
qui ne distribue pas avec soin et largement le
pain substantiel de la doctrine dont il est le dé-
positaire privilégié !

Saint Charles ne se contenta pas de veiller à l'observation des décrets conciliaires relatifs à l'instruction verbale des fidèles, il se livra ui-même avec une ardeur infatigable à cette sorte d'apostolat. Les dimanches et les fêtes il montait en chaire à Milan, et pendant ses visites pastorales il prêchait jusqu'à trois fois par our.

Il acquérait dans l'exercice de ce ministère des mérites d'autant plus grands, que, pour s'énoncer et composer, il éprouvait encore des difficultés nombreuses ; c'est ce dont témoigne un savant cardinal, le citant dans un *Traité du prédicateur* pour modèle aux pasteurs qui se laissent rebuter par le travail. Aussi le Seigneur bénissait-il les pénibles efforts de notre apôtre. Sans lui donner rang parmi les Basile, les Chrysostôme, les Augustin, les Ambroise, sous le rapport de l'éloquence proprement dite, ses sermons se distinguaient par une simplicité, une sagesse, une onction- telles, qu'ils conquéraient à Dieu les cœurs les plus endurcis. On voyait en lui se manifester au plus haut degré le zèle de la gloire de Dieu et du salut des âmes. « J'étais si vivement frappé, a dit un missionnaire célèbre, et des excellentes choses qu'il disait, et de la manière dont il les disait, que malgré mes efforts pour saisirr son geste et son genre, je ne pouvais rien acquérir ; l'audition de l'orateur et mes émotions me faisaient oublier mon dessein ; suspendu à ses lèvres pendant de longues heures, je ne regrettais qu'une chose, c'était que ces prédications fussent aussi courtes. »

A ce mode solennel d'annoncer la sainte parole, joignez le commentaire familier du prône et le simple catéchisme, qui furent pendant toute la vie de Charles sa préoccupation et son bonheur.

Ce n'est pas tout : pour rendre continu ce ministère de la parole, il établissait des écoles partout où il le pouvait ; de temps en temps il venait y enseigner lui-même les éléments de la foi, constater et encourager les progrès des enfants, et stimuler à cet égard le zèle des curés. Entre tous les manuels des catéchistes on a remarqué, on remarquera toujours ses *Instructions* pour la disposition et le succès de ces pieuses classes, dont il ordonnait la tenue régulière au moins les dimanches et les fêtes.

Des milices bien utiles à l'Eglise, ce sont les corps religieux ; toujours et partout elle en a provoqué la formation et protégé le développement. Outre le secours direct qu'ils apportent aux chefs des paroisses par la prédication et l'administration des sacrements, par l'enseignement de la jeunesse, la visite des pauvres et les malades, etc., ils leur viennent en aide par la prière, les bonnes œuvres, les mortifications expiatoires, et surtout l'exemple de la vie parfaite. Est-il une excitation au bien qui vaille ce dernier moyen ?

Aussi l'archevêque de Milan mit-il un soin extrême à raviver la piété au sein de ces diverses familles destinées à être ses coopératrices dans la sanctification des âmes. Leur témoignant l'affection d'un père, il s'efforça sans relâche de leur faire recouvrer par de fortes vertus l'ascendant sur les populations que la plupart d'entre elles avaient perdu. Pour se procurer dans un avenir prochain de dignes ouvriers à la vigne du Seigneur, il fonda une foule de colléges et de séminaires qu'il plaça sous la direction de maîtres éminents en science et en piété, choisis parmi les ordres les plus fervents.

Il institua surtout, en 1578, une congrégation plus spécialement destinée à la seconder, et qu'il appela *Oblats de Saint-Ambroise*. Dans cette maison, qui prospéra très rapidement sous son regard, ses bénédictions, et grâce à la sagesse des règles qu'il lui traça, Charles trouva des auxiliaires nombreux qui, se dirigeant sur tous les points du diocèse, apportaient partout l'esprit de piété dont sa sainteté les animait. Remplis de déférence pour ses conseils, souvent ils exposèrent leur vie en s'établissant dans des paroisses poussées à la révolte par d'indignes pasteurs.

Son zèle pour la sanctification des communautés de femmes ou des personnes du sexe vivant dans le monde ne fut pas moins admirable. Plaçant à la tête de chaque maison religieuse pour supérieurs ou directeurs l'élite de ses prêtres, il parvint à y voir renaître l'intelligence et l'amour de la règle. L'histoire mentionne quelques monastères qui d'abord refusèrent de reconnaître son autorité et s'opposèrent à la réforme qu'il leur prescrivait, mais qui, vaincus par sa fermeté et sa douceur, abandonnèrent l'autorité qui les portait à l'insoumission, et se placèrent sous sa juridiction directe.

Par l'établissement qu'il forma à Milan même d'une simple association de femmes et de vierges, il opéra aussi dans cette grande métropole une rénovation salutaire qui s'étendit sur le reste du diocèse. Vivant dans la société, mais s'engageant librement à fuir les joies du monde, à vaquer ensemble aux exercices fréquents de l'oraison et aux bonnes œuvres, à sanctifier les fêtes par la réception des sacrements, cette *congrégation des dames de l'Oratoire*, heureuse et fière de seconder son pontife bien-aimé, devint une protestation vivante contre l'impiété et la corruption qui depuis trop longtemps tenaient asservis les Milanais.

Enfin le moyen qu'il employa pour renouveler son diocèse selon les vœux du concile de Trente, fut la visite fréquente de toutes les paroisses qui le composaient. Se faisant rendre un compte exact des besoins de chacunes d'elles, écoutant avec une bienveillance inexprimable les observations ou les demandes qn'on lui soumettait, il leur adressait la parole et dans la chaire et dans les catéchismes. Cherchant les pauvres pour les secourir, il ne s'éloignait d'une localité qu'avec les remercîments et les bénédictions de tous. Ce qui maintes fois émut

davantage les populations, ce fut de voir le saint
évêque fondant en larmes au simple récit des désordres où elles vivaient loin de Dieu.

Le cadre de ce précis ne nous permet pas de
dire les fruits merveilleux produits de tous côtés par les visites du saint prélat. Nous nous
bornerons à parler de celle-ci que seule le Bréviaire constate spécialement : « Il travailla pro-
digieusement à confondre l'hérésie et à convertir un grand nombre d'apostats dans la Rhétie
et dans la Suisse. »

Les trois vallées de Léventine, de Bregno et
de Riparie, dépendantes des cantons suisses
d'Uri, de Schwitz et d'Untervalden, appartenaient, quand au spirituel, au diocèse de Milan,
car il s'étendait dans les Alpes jusqu'au mont
Saint-Gothard. La visite de ces populations était
pleine de difficultés. D'une part, l'autorité om-
brageuse et jalouse des présidents des cantons
craignait que l'archevêque n'empiétât sur ses
droits ; d'autre part les tristes progrès de l'erreur de Calvin et de Zwingle, dans ces montagnes habitées en général par des pâtres sans
instruction, semblaient ruiner d'avances tous
les efforts d'une religion qu'on leur avait tra-
vestie, calomniée et bafouée, et dont on ne per-
mettait plus depuis longtemps que des évêque
vinssent prendre la défense. De sorte qu'en
face de lui Charles ne devait rencontrer qu'un
clergé ignorant, abandonné à lui-même, ou
plutôt à la merci de ses chefs politiques et d'un
peuple d'une ignorance encore plus grande,

n'ayant pour croyances que des préventions et des haines contre la véritable Eglise.

Mais l'apostolat de Charles triompha de la plupart de ces obstacles. Ménageant avec une rare prudence la susceptibilité des maîtres temporels de ces pauvres peuples, il reçut d'eux le plus respectueux accueil et une députation pour l'accompagner. Se mettant à l'œuvre, rien ne le rebuta, « ni la difficulté des sentiers, ni la hauteur des montagnes, ni la profondeur des précipices, ni la mauvaise nourriture obligatoire pour ces pays perdus. » Nuit et jour il prêcha, il catéchisa, il administra les sacrements ; de sorte « qu'en moins d'un mois, l'église des Trois-Vallées avait changé de face. » Tout le clergé jura aux pieds des autels de se conformer aux statuts sydonaux du diocèse, aux décrets du concile, et prononça à haute voix la profession de foi de Pie IV. Retournant quelques années après en ces lieux, le saint pontife n'eut qu'à constater la notable conversion d'un peuple qu'à son insu, plus que tout autre cause, l'excellence de ses vertus avait produite.

Telles furent sommairement les œuvres extérieures de saint Charles pour réformer son troupeau; les chapitres suivant diront ce qui donnait à ces œuvres une puissance irrésistible et leur principale valeur.

V

Epreuves et luttes de Charles. — Les Humiliés. — Quelques Frères-Mineurs. — Collégiale de La Scala. — Attentat contre la vie de Charles.

Le Seigneur a dit dans son *Sermon sur la montagne :* « *Bienheureux ceux qui souffrent pour la justice !* » Et le grand Apôtre se glorifiait de *souffrir l'opprobre et la persécution pour Jésus.* Voyons avec quel zèle héroïque Charles ambitionna et acquit cette *béatitude* et cette *gloire.* Citons deux ou trois faits d'une vie qui ne fut qu'une lutte plus ou moins immédiate contre l'iniquité.

Entre tous les corps religieux qui trahissaient l'Eglise par leur relâchement scandaleux, on remarquait celui des *Humiliés.* Fondé au xiiᵉ siècle par des gentilshommes milanais, en mémoire de leur délivrance des misères et de la mort qui leur étaient destinées au fond des cachots de l'Allemagne, cet ordre, approuvé successivement par Alexandre III (1181) et Innocent III (1198), n'avait gardé de ses règles et de sa discipline premières que le beau nom devenu ainsi un mensonge permanent. C'était en grande partie le résultat de cet envahissement du monde sur les personnes et les choses religieuses déploré par les papes, et contre lequel ils multipliaient sans relâche d'impuissantes protestations. L'ordre des Humiliés, en effet, ne dépendait plus que des seigneurs laïques qui en exploitaient les domaines, sans s'inquiéter du mode d'existence de ceux qu'ils se bornaient à entretenir matériellement. « Etouffé dans l'oisive opulence, cet ordre ne comptait pas au-delà de 174 membres, et il ne possédait pas moins de 94 couvents. (Vie de saint Pie V). » Enoncer ce fait, c'est dire, avec le P. Giussano, qu'entre les murailles d'une telle abbaye ne pouvaient que se réfugier des âmes sans vocation, que « tout y était absolument perverti. »

Charles fit les pieux efforts pour retirer ces aveugles des voies de la honte et de la perdition. Il en conféra d'abord avec son conseil habituel ; nous avons dit que jamais, dans les mesures un peu graves, il ne se décidait d'après son seul jugement ; puis il obtint du pape deux brefs lui déléguant l'autorité nécessaire à cette réforme. Sur ses représentations sévères, mais affectueuses, plusieurs de ces malheureux religieux promirent de se conformer aux statuts rédigés sous son inspiration au chapitre de Crémone, formé des principaux d'entre eux. Ils acceptèrent l'affectation d'une partie de leurs revenus à la création et à l'entretien d'un noviciat où se formeraient des Pères dont la science et la piété régénéreraient leurs monastères déchus, et puis l'élection des prévôts à la pluralité des voix, avec cessation de leur supériorat à la fin de la troisième année.

Mais il n'est point de moyens indignes auxquels ces derniers n'eurent recours. Par d'atro-
ces calomnies , par mille accusations contre
Charles, présentées avec perfidie aux autorités
civiles de Milan et au pape lui-même, par d'ex-
travagants outrages à sa personne sacrée , ils
s'enhardirent pour conserver leurs scandaleux
priviléges usurpés. Si , vaincus par la fermeté
de leur irréprochable réformateur, ils gardèrent
quelque temps le silence , cette apparente soumission n'eut pour but que de comploter le plus
odieux des attentats.

Secrètement ils s'unirent à quelques chefs de
monastères franciscains, qui eux aussi avaient
foulé aux pieds leurs règles constitutives. Charles, plus que personne , savait le bien produit
dans la catholicité par les disciples du patriarche d'Assise ; il voyait les services qu'ils pour-
raient encore rendre à l'Eglise dans la crise
difficile où elle était réduite s'ils redevenaient
fidèles à leur vocation. Aussi avec toute l'ardeur
du zèle dont peut brûler l'âme d'un saint pour
la maison de son Dieu, se mit-il à rappeler à la
primitive observance les diverses abbayes qui
faisaient autrefois la force et la gloire de son
diocèse. Ses efforts furent couronnés de succès ;
grâces à lui , l'or n'acheva pas de devenir un
plomb vil. La ferveur se réveilla dans ces cloî-
tres si longtemps modèles de la perfection
évangélique. Cette même famille franciscaine
donna encore des apôtres et des martyrs à

l'Eglise ; un siècle plus tard, le Japon en cruci-
fiait vingt-trois.

Réunissant en un seul corps et sous une
même règle plusieurs maisons de Franciscains
qui vivaient séparées et chacune à sa guise,
Charles s'en concilia la reconnaissance et la
vénération. Mais il y eut encore là des résistances qui allèrent jusqu'à la haine et au délire.
Les mauvais ne trouvent-ils pas toujours en
effet de plus mauvais qu'eux pour les encourager? Parmi ceux qui fermaient les yeux sur les
tristes scandales dont nous venons de parler,
qui les soutenaient du moins par leur honteux
silence, se trouvaient même des princes de
l'Eglise.

Enfin voici comment eut lieu l'explosion de
toutes les haines qui de jour en jour s'amonce-
laient contre notre saint : Quelques ecclésiastiques appartenant à l'Eglise de *la Scala*, à Milan,
se conduisaient de la manière la plus indigne,
sous le patronage de l'autorité civile dont ils
prétendaient dépendre uniquement. Fort de son
droit, s'appuyant sur les décisions du concile de
Trente et sur l'approbation expresse de Pie V,
Charles employa toutes les voies de la prudence
et de la douceur pour obtenir la cessation de
ces scandales, mais inutilement. Par d'ignobles
intrigues ils parviennent à surprendre la bonne
foi du gouverneur de Milan ; se joignant à eux,
celui-ci indispose son maître, le roi d'Espagne,
contre un archevêque « bouillon, intrigant,
orgueilleux, voulant tout dominer, ne recon-

naissant d'autre autorité que son despotisme et
ses caprices. » En vain le pape , prenant fait et
cause pour notre saint, écrit-il au gouverneur :
« Nous ne vous croyons capable d'aucun mensonge; cependant il nous est impossible d'avoir
de semblables sentiments d'un pontife qui nous
est particulièrement connu. En vérité , n'est-ce
pas chose bien affligeante que Dieu ayant donné
dans ces temps-ci à Milan un archevêque si
saint et si bien intentionné, qui ne cherche que
le salut des âmes qui lui ont été confiées, et qui
ne travaille qu'à déraciner les abus qui sont
parmi le peuple, ceux qui devraient le protéger,
l'aimer et l'en estimer davantage, soient les premiers à s'opposer à tous ses bons desseins, et
à lui imputer des crimes dont il est aussi innocent qu'il est éloigné de l'apparence même de
semblables défauts. Tant il est véritable cette
parole de l'Apôtre : *Tous ceux qui veulent
vivre avec piété en Jésus-Chrirt seront persé-
cutés.* » Cette voix du pontife ne fut pas écoutée.

Pour résumer ici les plus tristes détails, disons donc qu'après avoir en écrits et en paroles
insulté le pieux cardinal, après l'avoir les armes
à la main et violemment repoussé lorsqu'il se
présenta solennellement à leur porte, ces prêtres infidèles ne se soumirent que sur les ordres
et les menaces du roi d'Espagne et les censures
prononcées contre eux par le vicaire suprême
de Jésus-Christ. Ajoutons surtout que celui qui
les réconcilia avec Philippe II et avec l'Eglise,
celui qui plaida plus puissamment leur cause,

fut cet homme dont ils avaient publiquement diffamé le caractère, la conduite et les intentions. Le dimanche, 5 février 1570, ils avouèrent publiquement leur faute à genoux, sur le seuil du temple, et en demandèrent pardon.

Cependant toutes ces haines plus ou moins dissimulées que Charles soulevait contre lui parurent aux prévôts des Humiliés une occasion favorable d'assouvir leur vengeance personnelle. Il ne s'agissait que de s'y prendre de manière que les soupçons pussent s'égarer sur des multitudes de personnes intéressées comme eux à se défaire de ce censeur aussi austère qu'inflexible.

Trois d'entre eux achètent donc le bras d'un de ces frères qui vivaient sous leur honteuse dépendance. Le nouveau Judas se charge de leur livrer, au prix misérable de quarante écus, le sang du juste qu'ils abhorrent.

Pour la consommation de l'attentat on choisit le moment le plus opportun.... Ce sera dans l'église même, lorsque Charles, à genoux devant l'autel, priera selon son habitude, profondément recueilli! Qu'importent cent sacrilèges de plus à l'âme qui a fait un pacte avec Satan!... Glissé donc en habits laïques au milieu de la foule, Farina tire un coup d'arquebuse presque à bout portant sur le saint pontife, et s'évade sans que personne ait pu le reconnaître ni le poursuivre.

On chantait alors ces paroles du psalmiste : *Que mon cœur ne se trouble ni ne craigne*

3.

point. C'était Dieu qui voulait montrer à tous la puissance de cet encouragement adressé à ses fidèles serviteurs, et en même temps de la protection qu'il étendait sur eux. Charles se sentant atteint au milieu des reins, ne pousse aucun cri, il ne s'émeut même pas ; seulement il élève instantanément les yeux et les mains vers le ciel. La balle l'avait frappé en effet, mais pour tomber morte à ses pieds et laisser une trace noire sur son rochet. Quand aux plombs joints à la balle, plusieurs trouèrent ses vêtements : l'un d'entre eux transperça une table épaisse ; mais aucun n'égratigna même sa chair.

Le miracle était évident ; aussi le peuple, qui ne se méprend pas sur les signes du ciel, adopta-t-il le proverbe : *C'est le rochet de saint Charles,* pour exprimer un objet impénétrable au fer. Quant au bon archevêque lui-même, il ne put hésiter jamais dans cette conviction, puisque, à l'endroit où la balle l'avait frappé, il se forma une légère tumeur qui, sans diminuer ni grossir, dura tant qu'il vécut, «Inflexible restaurateur de la discipline, il se vit miraculeusement sain et sauf, alors qu'étant en prière il fut atteint d'un coup de feu (*Bréviaire*). »

La magnanimité de Charles en cette circonstance sera éternellement citée à la gloire de la religion inspiratrice et guide de tous les actes de son admirable vie. Au moment de l'assassinat il continue son oraison. Rentré chez lui, le gouverneur et les principaux administrateurs de Milan viennent lui exprimer l'horreur qu'un tel forfait leur inspire, le questionner sur les personnes qu'il pourrait soupçonner; ils n'en obtinrent que ces mots : *Pardonnez-leur, ils sont déjà assez malheureux de leur crime*. Son unique préoccupation est de rendre grâces à Dieu et d'appeler solennellement ses miséricordes sur les assassins ; lui-même préside la procession que composent les Milanais et les populations d'alentour, conformément à ses désirs.

Néanmoins la justice humaine devait suivre son cours. Les coupables furent connus et condamnés ; mais s'il ne put les soustraire à la mort, il put se faire le protecteur de leurs familles désolées. Quoi de plus ; ce misérable ordre des *Humiliés* le vit prendre sa défense et contre l'indignation publique et contre le bref de saint Pie V, qui en prononça la dissolution le 8 février 1570.

«Pie V voulut graver une impression mémorable, dit M. de Falloux, dans l'esprit des Milanais, en prononçant la destruction de l'ordre entier auquel appartenaient le meurtrier et ses complices. Borromée dépêcha vainement l'un de ses plus intimes compagnons, Oromanète, pour conjurer cet acte de sévérité. Rien ne fléchit Pie V dans le châtiment d'un attentat qui avait fait courir un si grand danger à la société chrétienne. « La corruption est trop générale, répondit-il, et le crime trop grand pour que nous écoutions vos prières... Il faut à jamais délivrer l'Eglise d'un tel reproche ! »

« Assignant des pensions convenables aux religieux restés purs, il fit distribuer le reste des propriétés des *Humiliés* à des institutions charitables. Une part fut prélevée pour la fondation d'un vaste séminaire aux portes de Milan, en sorte que Pie V rattachait par un lien perpétuel le salut de l'Eglise de Milan, à celui de son saint archevêque. (Le même). »

C'est ainsi que, au-dessus des scandales qui désolent l'Eglise, se dressent les nobles têtes de deux de ses pontifes. C'est ainsi que les ténèbres infernales auront beau chercher à cacher aux enfants des hommes le divin soleil de justice, toujours ils le verront assez pour que l'hérésie, l'incrédulité, le schisme, se taisent honteux et vaincus.

Au fond, vous surtout nos jeunes lecteurs, remarquez bien ceci : Lorsque les protestants disent qu'ils ont rompu avec l'Eglise parce qu'elle n'était à leurs yeux que la grande *Babylone* plus coupable que la cité fameuse exterminée par la colère du ciel, leur langage est-il sérieux, est-il de bonne foi ? Assurément l'assassinat de Charles par des religieux conjurés, est le fait le plus propre à montrer à quel point certains monastères étaient pervertis ; mais ce fait ne prouve-t-il pas justement deux choses qui condamnent l'hérésie ? Pourquoi se révoltaient ces moines et ces prêtres ? N'était-ce point parce qu'au nom de l'Eglise gémissante, Charles voulait les contraindre à respecter leurs vœux, li-

brement prononcés, ces vœux que le protestantisme, écho de Luther et de Calvin, déclarait et
déclare encore contre nature, anti-sociaux et
abominables ! Donc, en réalité, la cause qui armait leurs bras pour le meurtre était juste et
légitime, selon les doctrines *réformées*.

Et puis si l'Eglise n'était pas alors la divine
épouse du Sauveur, si l'on ne savait plus où la
trouver tant la corruption abondait de toute
part, d'où vient que dans le diocèse de Milan,
un des moins religieux à cette époque, il s'é-
chappe de tant de cœurs des cris d'indignation
à la nouvelle du sacrilége commis contre un
archevêque fidèle à son devoir? D'où vient que
d'innombrables prêtres exprimant à Charles
leur douleur et leurs respectueux encourage-
ments, lui disaient par l'organe de leur chef suprême, assis sur la Chaire de Pierre, si peu
écoutée pourtant, ce semble, à cette époque ;
«... Pleurons sur l'aveuglement de ces malheureux !... Priez, faites prier pour ces furieux par-
ricides, afin qu'il plaise à Dieu de les éclairer
et de les convertir. »

Non, non, l'histoire sérieusement consultée
ne répondra jamais en faveur du mensonge.

VI

Charité héroïque de Charles pendant une famine. — Victoire de Lépante. — Mort de saint Pie V. — Charles se rend à Rome. — Egards de Grégoire XII pour lui. — Notre-Dame-de-Lorette. — Colléges de Bréra, de Sainte-Marie, etc.

Trois années font époque dans la vie de Charles. En 1570, c'est à sa charité ingénieuse et inépuisable que Milan dut de ne pas voir mourir de faim une partie notable de sa population. La disette était affreuse ; seuls les riches pouvaient se procurer quelques provisions, car la récolte de la Lombardie entière ayant été nulle, il fallait les acheter au loin.

Véritable nourricier de son troupeau, Charles commence par organiser dans son palais même un service de distribution continuelle d'aliments. Jusqu'à 3,000 personnes vinrent là chaque jour chercher gratuitement leur nourriture. Ces provisions énormes de blé, de riz et de légumes ayant absorbé tous ses revenus, et le laissant lui-même et sa maison dans le dénûment absolu, on le vit quêter de porte en porte, envoyer des lettres et des émissaires à l'étranger pour obtenir des secours. L'histoire témoigne que son dévouement et son zèle atténuèrent singulièrement les ravages de ce fléau, qui se prolongea plusieurs mois.

Toutefois, plus encore que la charité de Charles, sa piété, s'il est possible de distinguer ici ces deux vertus émanant du même principe et atteignant le même but, sauva les Milanais. Nuit et jour priant, jeûnant et redoublant ses austérités pour détourner de son peuple la colère de Dieu, ordonnant à tous ses prêtres, à toutes les communautés de faire par leurs bonnes œuvres une sainte violence au ciel, convoquant toutes les paroisses aux pieds des autels ou autour des chaires de leurs pasteurs, il rappela aux sentiments et aux pratiques de la pénitence chrétienne les âmes les plus endurcies. De sorte que la durée de la disette et sa disparition presque soudaine sans avoir réellement fait une seule victime, inspirèrent « un respect et une dévotion particulière pour le saint archevêque ; tous attribuèrent leur délivrance à ses prières et à ses mérites auprès de Dieu. » (Giussano),

Que valut ce retour d'un grand peuple aux enseignements de la foi, dans l'immense péril auquel le monde fut peu après exposé ? Dieu seul le sait. Mais voici ce qui se passa, voici le mémorable événement qui se mêle à ces diverses circonstances. Il s'agit de la magnifique et miraculeuse victoire remportée sur les Turcs, le 7 octobre 1571, dans le golfe de Lépante. Toute âme chrétienne sait que ce succès inespéré fut attribué par l'univers catholique au jubilé solennel accordé par saint Pie V, dans le but d'appeler la compassion de Dieu sur son peuple, et à l'intercession particulière de ce glorieux pontife. Il est certain qu'en vertu d'une révélation divine, il interrompit son oraison pour annoncer la défaite de la flotte ottomane au moment même où elle avait lieu, et par conséquent longtemps avant qu'on pût recevoir la nouvelle officielle; « de cette bataille que l'ennemi mortel de la dignité humaine a pu seul tenter de ravaler, » dit le comte de Maistre en désignant Voltaire. (De Falloux.)

Ayant à publier ce jubilé dans son diocèse, Charles eut un nouveau motif de rappeler davantage la nécessité commune de recourir aux miséricordes divines par les saintes œuvres de l'expiation. Entre autres actes pieux qu'il prescrivit, mentionnons trois processions successives faites par le clergé et le peuple de Milan, avec toutes les marques extérieures du recueillement et de la ferveur ; la cessation complète des désordres habituels du carnaval, qui avaient alors un caractère particulier d'impiété et de folie ; enfin l'établissement de l'oraison dite des *quarante heures*, saint usage qu'il aurait sinon fondé le premier, du moins recommandé et tellement rendu cher et utile à son troupeau, que depuis lui il est en vigueur dans la catholicité entière.

Encore une fois, si nous sommes convaincus, et si nous croyons avec saint Charles *qu'un regard favorable du ciel vaut mieux pour notre défense que la protection d'une valeureuse armée,* nous devons dire comme ses historiens : « Les réformes qu'il opéra alors furent sans doute un puissant motif pour encourager Dieu à protéger le monde chrétien et à le favoriser dans ce mémorable triomphe remporté la même année contre les Infidèles. »

En 1572, la terre eut la douleur de perdre saint Pie V. La maladie et la mort de ce pontife illustre sous tous les rapports, manifestèrent à un haut degré les vertus et les mérites de Charles. Dès qu'il apprit qu'était en danger la vie de ce pape, si utile à l'Eglise en ce moment, et pour qui il éprouvait une vénération toute particulière, il ordonne des prières publiques. Quelle ne fut pas l'édification des Milanais en le voyant très malade lui-même, enfreignant les défenses des médecins et venant se mêler aux foules, présider les offices sacrés et monter constamment dans la chaire de sa métropole. Il compromettait sa vie déjà mi-éteinte, lui disait-on, en s'exposant à de telles fatigues ; représentations inutiles pour un cœur en qui « la charité était plus forte que la mort. » Lui-même voulut célébrer le service funèbre et prononcer le panégyrique du digne successeur de son oncle.

Dans ce panégyrique il exhortait ses auditeurs à demander au ciel de placer sur la chaire de Pierre un autre Pie V ; mais cette manière de contribuer à une sainte élection ne lui suffit pas. Son devoir de cardinal l'appelle au conclave; et malgré un intervalle de cent lieues, malgré sa faiblesse extrême, malgré les instances des médecins et des personnes qui lui sont le plus attachées, il se rend à Rome avec la vitesse d'un homme plein de santé. Les événements prouvèrent que son voyage était agréable à Dieu. Plus que lui, en effet, nul ne contribua à appeler au siége suprême Grégoire XIII, parce que nul ne connaissait comme lui la science spéciale et les vertus solides de ce pontife remarquable entre tous les successeurs de Pierre « pour l'exécution du concile de Trente, l'extirpation des hérésies, la propagation de la foi catholique et l'augmentation du culte divin. »

De son côté le nouvel élu appréciait si bien le cardinal de Milan, qu'il le contraignit de rester auprès de lui pendant quatre mois. Lui témoignant la même estime que ses deux prédécesseurs, il le consultait aussi bien pour l'administration générale de l'Eglise que pour la direction intime de sa vie privée ; il l'engageait à lui aider à faire comprendre aux plus hauts dignitaires qui l'entouraient, que « leur pourpre n'était pas tant un ornement distinctif qu'une leçon domestique et continuelle de se disposer sans cesse à vivre comme de vrais conseillers du vicaire de Jésus-Christ, prêts comme lui à verser leur sang pour la justice et la vérité. »

Il ne quitta pas Rome sans en rapporter beaucoup de trésors spirituels pour son diocèse. nous voulons dire des concessions d'indulgences

considérables propres à y exciter la foi et les
œuvres de charité. Remarquons celles qu'il obtint pour les âmes qui vaqueraient chaque jour
à l'oraison, qui assisteraient aux prières des
quarante heures, qui s'occuperaient de l'instruction des enfants et du soulagement des né-
cessiteux. Aux fidèles qui tiennent à connaître
les actes des dévots serviteurs de Marie, et à
s'édifier sur les particularités de ce culte si con-
solant et si légitime, nous rappellerons aussi
que l'illustre archevêque, tout fatigué qu'il était,
n'hésita pas à allonger son retour à Milan pour
visiter la chapelle de Notre-Dame-de-Lorette,
et qu'à l'exemple de plusieurs saints il y passa
la nuit entière en oraison.

Dès sa rentrée dans sa ville métropolitaine,
il réalisa le projet qu'il nourrissait depuis longtemps de fonder un grand collège. A ses frais,
et surtout en cédant à perpétuité son abbaye
d'Arone, il établit les jésuites, en 1572, à Bréra.
Ces religieux, conformément à ses instructions,
devaient ouvrir leur savante école principalement aux jeunes gens sans fortune, et ne rien
exiger d'eux. Quant à Arone même, il y plaça,
également à ses frais, un noviciat pour la compagnie de Jésus. Il eut à encourir, dans ces circonstances, les reproches les plus amers de
quelques membres de sa famille, qui ne pouvaient supporter de le voir aliéner ainsi une
partie importante de l'antique patrimoine des Borromées ; mais il résista, parce qu'il était convaincu que de cette double création sortirait un

clergé capable de le seconder par la science et la vertu. Nulle considération humaine, nul intérêt purement terrestre ne pouvait à ses yeux prévaloir sur un tel motif. Les événements ne tardèrent pas à vérifier ces prévisions. « Des diocèses voisins la jeunesse accourt pour y compléter ses études, comme on le fait à Rome au collége de Saint-Grégoire. » (Le P. Giussano).

A ces fondations très importantes il en fit succéder une autre l'année d'après (1673). Il éprouvait une peine très amère en voyant la classe plus intelligente et plus riche donner aux autres l'exemple du vice et de l'irréligion, trop souvent fruit direct de l'ignorance. Il voulut donc aussi que les jeunes gens nobles ou de familles aisées eussent une école spéciale, où tout fût capable de les intéresser. Avec une libéralité digne de son zèle, il fit bâtir et meubler à ses frais un édifice très beau, et il le consacra sous le vocable de *Sainte-Marie*. « Elevés là comme des princes, » les étudiants virent bientôt se mêler à eux des jeunes gens non-seulement de l'Italie, mais encore de la France et de l'Allemagne. L'excellent pontife était assurément le premier auteur de ses succès. Il venait en effet, aussi souvent qu'il le pouvait, visiter et les élèves et les maîtres ; il les examinait lui-même avec la plus touchante bonté ; il leur prêchait comme l'eût fait un père ; il conviait à leurs principaux exercices et à la distribution des couronnes tout ce que Milan comptait de plus

distingué par la position sociale et la piété.
Ayant en un mot fait composer selon ses vues
un *Traité spécial d'éducation pour les nobles,*
c'était par lui-même qu'il voulait s'assurer s'il
était suivi de point en point. Dans la légende
du Bréviaire, l'Eglise remarque particulièrement
ce zèle du pontife : *Il fonda beaucoup d'écoles*;
ces simples mots ont une portée immense. Si,
en effet, les racines de l'existence humaine bien
dirigée ont pour terrain nécessaire l'éducation
de la jeunesse ; si, comme le dit aujourd'hui
même Pie IX dans une encyclique aux évêques
du Portugal, un pasteur doit se préoccuper « de
la direction des jeunes cœurs, dans laquelle ré-
sident toutes les espérances de la république
chrétienne et civile, » dire que le cardinal Borromée a employé une notable partie de son riche patrimoine, de ses travaux et de sa vie à
fonder des écoles, c'est dire qu'il a accompli
l'une des œuvres les plus utiles à l'humanité et
les plus chères à l'Eglise.

VII

Peste de Milan.

Nous arrivons aux faits qui ont le plus contribué à immortaliser le nom de Charles Borromée. Loin de nous assusément la pensée de
diminuer en quoi que ce soit l'incontestable

gloire des autres actions d'une vie qui n'est
qu'un enchaînement de services matériels ou
spirituels rendus à l'humanité ; nous ne parlons
ici que selon le langage du monde. Tenant les
yeux fixés sur la terre, le monde n'estime que
les choses qui tombent sous les sens, et entre
tous les actes ceux du dévouement et de la charité. C'est donc uniquement pour condescen-
dre à cette manière très incomplète et souvent
fausse de juger les héros chrétiens, que nous
insisterons sur le rôle rempli par Charles pendant *la peste de Milan*. L'hérésie et l'impiété lui
ont rendu hommage ; mais demandons à Dieu
de mieux comprendre qu'elles le principe vrai
de cet héroisme, et d'en déduire en faveur de
notre foi une conséquence pratique que leur
haine repousse obstinément.

Vers la fin de juillet 1576, la peste se déclara
dans Milan ; « c'était, dit le cardinal Galuffi,
l'époque où l'ange du trépas agitait ses ailes
d'où tombait sur la terre la funeste influence
qui multipliait les victimes et les gémissements ;
la génération nouvelle respirait sur la génération immolée les miasmes qui l'empoisonnaient
elle-même et la jetait au tombeau. Il n'y eut
pas en Europe une région exempte de ses coups,
et maintes fois il revint désoler les lieux où il
avait déjà accumulé les cadavres. »

Charles visitait alors un point éloigné de son
diocèse. A peine a-t-il appris l'invasion du fléau,
qu'il accourt à sa ville archiépiscopale. La peur
avait déjà mis en fuite le gouverneur, les ma-

gistrats et les familles les plus aisées, Les habitants qui n'attendent plus de secours que de leur pasteur, se hâtent d'aller au-devant de lui ; et les yeux fondant en larmes, ils lui crient : *Ayez pitié de nous, bon père !...*

Rendu à son palais il cherche aussitôt le moyen d'arrêter, s'il se peut, les ravages d'un mal dont la seul vue le terrifie. Il s'agit d'une population agglomérée qui ne compte pas moins de 300,000 âmes !

D'abord élevant son regard suppliant vers *Celui qui rend malade et guérit, tue et ressuscite* aussi bien les nations entières que les individus, c'est à lui qu'il demande de sa clémence, qu'il attend tou! remède souverain, toute consolation efficace. Contemplons-le donc ce saint archevêque se considérant comme chargé de tous les crimes de son peuple, commençant lui-même la pénitence publique en jeûnant tous les jours, en augmentant ses mortifications de toute nature, en passant les nuits en prières, et prenant, non sur la gerbe de paille, son lit ordi-naire, mais sur le plancher, le court sommeil que la lassitude lui impose !

Puis ordonnant trois processions générales, il prêche dans les diverses églises où elles stationnent, et là chaque fois, par des paroles qui convainquent et émeuvent toutes les âmes, il montre que le premier secours contre la peste est non pas la science médicale dont Dieu n'a déjà que trop prouvé l'impuissance, mais la cessa-

tion du péché sanctifiée par une contrition sincère.

Tout en préférant ces derniers moyens de
s'opposer au fléau, notre saint se garde néanmoins de négliger les précautions qu'ordonne
la prudence ; il croit au contraire, et il répète
à toute heure, que l'excès de confiance dans la
prière n'est que tenter Dieu Par ses soins donc,
secondés des sacrifices du duc de Milan, on
commence par construire plusieurs vastes édi-
fices séparés, dont un placé au centre était une
chapelle. C'est lui qui organise tout le matériel
de cette espèce d'hôpital appelé Saint-Grégoire,
et qui assigne leur genre d'occupation à chacun de ceux qui, sous sa direction, voudront
exposer leur vie avec la sienne.

Sa vie, disons-nous. Un moment il crut qu'il
ne pouvait braver ainsi la mort comme le dernier des clercs. S'il venait à succomber, ce qui
était probable, la désolation publique ne gran-
dirait-elle pas dans une inappréciable proposition ? Un général doit-il se jeter au milieu de la
mêlée, sachant d'avance quels désordres seront
les conséquences de sa disparition soudaine ?
Les théologiens qu'il consulte ayant répondu à
sa question : « De graves raisons semblent vous
permettre de vous tenir à l'écart : votre présence
est tout au plus demandée par un conseil de
perfection. » Charles ne voulut entendre que les
derniers mots. « Puisqu'il est plus parfait de
rester, répliqua-t-il soudain et comme joyeux,
j'y suis donc obligé, car l'épiscopat est **un état
de perfection acquise.** »

Et immédiatement après avoir mis ordre aux affaires de son diocèse et tout prévu par un testament, le voici devenu l'infirmier, le consolateur, le sauveur de ces malheureux pestiférés.

Ses premières visites ont lieu à Saint-Grégoire, où étaient portées les personnes que le fléau venait d'atteindre dans les maisons particulières. S'il sort de cet asile, où son cœur est brisé à la vue de tant de misères et de douleurs qu'il ne sait comment soulager, ce n'est que pour ordonner et faire lui-même des quêtes de linge, de meubles, de vêtements. Donnant l'exemple de cette charité, « il vend son argenterie, ses meubles, ses œuvres d'art les plus rares; il commence à dépouiller son palais de toutes les tapisseries qui l'ornent, à vider ses armoires, à transformer tous ses habits, tout son linge; si bien que la demeure épiscopale ressemble presque à une habitation déserte depuis plusieurs années. » (*Office du saint.*)

Le rituel protestant dit aux ministres du *pur évangile*, et le 4 mai 1352, l'archevêque anglican Wathely, dans une lettre traduite dans toutes les langues, répétait pour se justifier lui-même et pour justifier les siens : « Rien ne nous oblige à assister les pestiférés, *attendu que notre vie est plus précieuse que le fruit des sermons que nous pourrions leur adresser.*» Cette manière de réformer les abus de l'Église était goûtée alors à Milan de quelques ecclésiastiques, et nous n'avons pas besoin de demander si le protestantisme trouvait des prosélytes et des

S. Charles Borromée. 4

complices parmi ceux-ci ou parmi ceux qui, suivant saint Charles, pensaient avec lui que mourir pour une âme que Dieu nous a confiée n'est qu'imiter Celui *qui donne sa vie pour son troupeau !*

Toutefois, hâtons-nous d'ajouter que peu de prêtres ou de religieux résistèrent aux pressantes prières de leur évêque ; très peu, dominés par la peur, s'éloignèrent de Milan. « Cent trente-quatre ecclésiastiques, disent les historiens, périrent victimes de leur dévouement, sur le théâtre même de la désolation. (*Divinité de l'Eglise*, par le cardinal Galuffi).

Il nous est impossible d'exposer ce que fit le charitable pontife pour diriger cette multitude de prêtres, ses dociles coopérateurs dans l'œuvre simultanée des plus difficiles miséricordes du corps et de l'âme à l'égard d'un peuple en proie à tous les genres de terreurs et de souffrances. Dans Milan seul, plus de 60,000 personnes furent atteintes par la contagion. Ce triste nombre, qui dit la quantité des souffrances, dit aussi celle des travaux et des martyrs de la charité.

Mais ce que nous ne saurions omettre, ce sont les efforts particuliers de Charles pour ranimer le courage partout, le courage qui, l'expérience l'a toujours prouvé, est la première des conditions du triomphe à remporter sur les maux de ce genre, et en l'absence duquel la mort, au lieu de décimer un peuple, le moissonne comme une faulx les épis mûrs. Ce courage, il le ranima en démontrant à chacun ses obligations et les récompenses qui lui étaient assurées, s'il les remplissait sans se déconcerter, sans faiblir.

Ne pouvant être continuellement en chaire, il voulut que néanmoins et prêtres et simples fidèles eussent constamment sous les yeux son enseignement à cet égard. Dans ce but il fit composer à répandre à profusion un petit livre qu'on appellera toujours le livre d'or des pestiférés. Ce précieux recueil se composait d'un abrégé de ce que les historiens des premiers siècles du christianisme avaient écrit sur les devoirs et les actions des chrétiens dans de semblables calamités; le contraste qu'offraient ces récits entre le dévouement spontané des disciples de Jésus-Chsist et l'égoïsme et la lâcheté des païens , était à lui seul une série de leçons qui n'avaient pas besoin de commentaires. A ces détails historiques, Charles avait joint une lettre de saint Denys d'Alexandrie, félicitant ces chrétiens qui, après avoir veillé avec une infatigable générosité au chevet des malades, lavaient leurs cadavres infects , les enveloppaient du funèbre linceul et les déposaient eux-mêmes pieusement dans la terre. Puis étaient reproduits deux sermons de saint Cyprien, une homélie de saint Grégoire de Nazianze, deux homélies de saint Grégoire de Nysse , et une lettre où le grand évéque d'Hippone traite précieusement de l'obligation où sont les pasteurs de résider dans le temps des dangers ou de la persécution. Il terminait ces pages par une lettre pastorale que sur sa demande, son vénérable ami Grégoire XIII avait écrite aux Milanais.

N'essayons pas non plus de raconter en détail tout le bien que fit Charles par ces prêtres et ces religieux qui, placés dans les divers quartiers de la ville, devaient en son nom visiter les maisons, prendre note de l'état des indigents et des malades, enfin lui rendre compte de tout. Par eux et avec eux il était en réalité le premier et le grand gouverneur de Milan. Seulement, répétons avec tous les historiens, que le Père céleste, pour glorifier son serviteur héroïque, multipliait miraculeusement entre ses mains les ressources, comme autrefois les pains sous les doigts du Sauveur. Nul ne savait où il trouvait l'argent ou les provisions répandus çà et là, et à toute heure du jour et de la nuit, par lui-même ou par ses mandataires. Un fait particulier le démontre.

Une multitude de domestiques et d'ouvriers congédiés par leurs maîtres erraient sans asile et sans pain dans les rues de la ville ; les malheureux ne pouvaient en sortir, parce que dans tous les environs on veillait à ce que nul Milanais n'apportât avec lui le redoutable mal. Ne sachant que devenir, ils se réunissent et s'en vont deux à deux, ayant déjà les signes de la mort sur le visage, implorer à genoux la piété du cardinal. Fondant en larmes le saint leur répond spontanément : *Je me charge de vous, chers enfants.*

Mais comment réalisera-t-il sa promesse ? il

n'a plus un sou à sa disposition. Des 500,000 francs que lui a produit la vente de son patrimoine et de tous les revenus de sa charge, rien ne lui reste ; déjà il a ôté de son palais jusqu'aux moindres rideaux, aux derniers siéges, contracté tant de dettes qu'il ne sait à quelle porte frapper pour pouvoir emprunter encore. Dieu lui suggère une pensée : à cinq lieues de Milan est le château de *la Victoire*, bâti par François Ier, en souvenir de sa victoire de Marignan. Charles obtint cet emplacement très vaste et très aéré ; il y envoie cinq cents de ces pauvres délaissés, les met sous la garde de pieux Franciscains. Là, grâce à lui, tous furent entretenus jusqu'à la cessation de la peste. « Je sais, dit l'évêque de Novare, qu'il ne conserva chez lui qu'un mauvais fauteuil vert et un petit tapis de laine rapiécé dont il couvrait la table sur laquelle il écrivait. » Enfin, sachant le bonheur que sa présence procurait dans ce lazaret, et aussi pour tenir son engagement et s'assurer par lui-même de l'exécution de ses ordres, il allait souvent le visiter et le bénir. (*Extrait de l'Office du saint*).

Cependant octobre arrivait et le mal semblait augmenter. Au milieu de la désolation de Milan parvenue à son comble, seul le saint pontife ne perdait ni le courage ni la présence d'esprit. Un passage de son *Mémorial* constate ce double état de choses ; on croirait entendre Jérémie pleurant à la vue de Jérusalem :

« O pauvre ville de Milan ! ta grandeur t'élevait jusqu'au ciel, tes richesses se répandaient jusqu'aux contrées les plus lointaines ; une in-finité d'hommes et d'animaux se nourrissaient de ton superflu ; de tout côté t'arrivaient des ouvriers et des commerçants ; les gentilshom-mes quittaient leurs campagnes pour habiter ta riante enceinte ! Et voilà qu'en un moment toute ta grandeur a été renversée, ta magnificence a disparu ! Dans un clin d'œil la confusion et le mépris t'ont couvert la face, et tu es devenue le jouet de la fortune. Renfermée maintenant dans tes murailles, tu en es réduite à garder tes marchandises qui ne peuvent sortir. Tout le monde t'a quittée et personne n'ose plus s'ap-procher de toi pour se nourrir de tes fruits, jouir de tes franchises, se vêtir de tes étoffes et se prévaloir de toutes tes commodités. Les grands et les petits, les pauvres et les riches te fuient... Si quelqu'un est assez hardi pour s'approcher de toi, ou il est frappé de la peste, ou il en est soupçonné. Et alors il est contraint d'aller se retirer dans de pauvres cabanes où il est bien heureux de trouver seulement de la paille pour se couvrir et se coucher ; car tous n'en ont pas, plusieurs sont obligés de s'étendre sur la terre nue, exposés aux rigueurs des nuits. Que dirai-je de plus ? Milan mourait de faim s'il n'en-voyait mendier dans de pauvres villages. Mal-heureuse ville, comme la justice de Dieu t'a frappée !...»

Cette divine justice, comme il indiquait en sa personne le moyen sûr de la fléchir ! Ne s'of-frait-il pas solennellement pour victime à la place de tous dans ces processions qu'il ordonna encore, et où on le voyait marchant lentement, pieds nus, une corde au cou, et à la main un grand crucifix sur lequel il tenait les yeux fixés. Vainement un clou lui déchire l'orteil, il ne veut pas que cette blessure reçoive de soins. Aux traces de sang on reconnaît son itinéraire. L'Eglise a eu soin de constater ces choses dans la glorification de sa mémoire.

Toutefois son zèle surhumain ne se manifesta pas seulemeat dans sa ville épiscopale. On le vit bientôt parcourir les villages atteints du même mal, heureux de les visiter, de les bénir, de leur administrer lui-même les sacrements. La distance et l'aspérité des chemins ne l'arrêtaient pas plus que son état maladif. Que de fois il exposa sa vie comme en ce jour où, entendant des vagissements dans une chambre élevée dont la porte était fermée, il montait sur une haute échelle et reparaissait bientôt portant et réchauffant dans les plis de sa soutane un pauvre enfant mourant sur le cadavre infect de sa mère. Le saint pontife ne voulut songer au repos que lorsque la peste cessa ses ravages.

Arrêtons-nous, cher lecteur; à bien plus forte raison que les biographes, répétons que nos pages n'offrent que le sommaire le plus incomplet de tout ce que Charles fit d'admirable pendant ces huit mois d'affreuse désolation. Mille et mille traits édifiants seraient à raconter si l'on puisait dans les dépositions des témoins juridiquement appelés pour sa canonisation. Les vieillards privés du secours de leurs fils, les petits enfants au berceau, abandonnés sans père ni mère, qu'il recueille à droite et à gauche, les communautés de l'un et de l'autre sexe, les palais comme les humbles cabanes, les étrangers comme les domestiques, tous eurent à détailler des prodiges de charité. Que dire ? Lorsque cinquante-trois ans plus tard un mal inconnu envahit encore Milan, on le nomma peste de *San-Carlo*, « tant est forte, comme le remarque avec raison Manzoni, la puissance de la charité qui fait prévaloir la mémoire d'un seul homme sur celle de l'infortune et des malheurs de tout un peuple ! C'est que la charité avait inspiré à un seul homme des sentiments plus grands que le mal lui-même. »

O philosophie et philantrophie orgueilleuses, qui ne savez qu'insulter Dieu et son Christ, nier le rôle divin de l'Eglise au milieu de l'humanité, quand donc produirez-vous aussi un Charles Borromée ? Et ne dites pas : c'est un homme exceptionnel, sans doute il est exceptionnel, sans doute la main de Dieu se montre continuellement étendue sur sa tête ; mais Charles n'a-t-il pas laissé des héritiers de sa charité dans les prêtres qui, en 1720, entouraient Belzunce à Marseille ; dans ceux qui, avec Monseigneur de Quélen, soignaient les cholériques, ou qui mouraient aussi victimes du fléau à Baltimore, à Philadelphie, à New-York, à Cayenne, aux Canaries, à Dublin, à Genève, *la Rome protes-*

tante, disons-le en passant, qui ne vit qu'un seul ministre s'offrir, et encore *si le sort le désignait.* Lorsqu'en 1854, dans notre guerre de Crimée, le même fléau décimait nos troupes à Varna surtout, avez-vous ouï dire que les prêtres et les sœurs de charité aient fui ce théâtre de désolation et de terreur? ont-ils également refusé de les suivre dans les ambulances et sur les champs de bataille?

Non, non, la charité de Jésus-Christ ne meurt pas, elle produira toujours des hommes et des faits exceptionnels; et voilà pourquoi tant qu'une âme vraiment catholique restera sur la terre, on la verra prête à souffrir, heureux de mourir pour sauver même ses plus grands ennemis.

VIII

Conduite de Charles après la délivrance de Milan. — Monuments de sa reconnaissance. — Ses nouvelles fondations.

La reconnaissance est une vertu qui a toujours occupé une large place dans le cœur des saints. Charles, voyant s'éteindre presque sou-

forts des hommes, comprit trop bien que son regard devait se diriger sur le Dieu des vengeances et des miséricordes, qu'à lui seul il fallait rendre grâces.

Pour immortaliser *la délivrance* de Milan, il n'est rien qu'il n'employa. Mandements, lettres pastorales, amendes honorables, processions solennelles, toutes ces choses sanctifièrent à la fois les diverses paroisses de la ville et du diocèse. Dans ce but, il composa son *Mémorial ou Avis au peuple pour vivre chrétiennement en toutes sortes d'état et de professions.* Ses prêtres sont chargés de le lire, de l'expliquer, de le répandre partout : comme les paroles d'un homme éminent en science et en vertus, que Dieu a distingué et béni entre tous, ne sauraient trop être l'objet de nos méditations, reproduisons un passage du chapitre de cet opuscule.

«Qu'il n'y ait point de jour de notre vie où nous oubliions celui-ci. D'où est venue cette si prompte délivrance? Ce n'a point été de notre prudence qui, aux premières nouvelles de ce mal, parut si étonnée et toute déconcertée ; ce n'a point été la science des médecins qui jusqu'à présent, bien loin de savoir les remèdes de ce mal n'ont même pu en découvrir les causes ; ce n'a point été de la charité de ceux qui avaient soin des malades, puisque dès le commencement ils étaient abandonnés de tout le monde. Publions-le donc à jadainement un fléau qui se jouait de tous les ef-

mais, chers enfants, c'est Dieu qui nous a délivrés ; il nous a fait la plaie et il l'a guérie ; il nous a châtiés et en même temps fortifiés pour souffrir ; si d'abord il ne nous a pas exaucés, c'est afin de nous donner plus de temps pour nous convertir. »

Hélas ! dans les jours que nous traversons, le monde n'est-il pas divinement averti par les guerres, les inondations, les maladies inconnues, les disettes et la corruption périodique des produits du sol ? Or, pour éloigner ces calamités, que font, que disent nos pasteurs, sinon suivre l'exemple, redire le langage de Charles ; mais que d'âmes détournent la tête et passent dédaigneuses de cet enseignement, reproduit pourtant en lettres de bronze à chaque page de l'histoire depuis l'origine du monde !

Nous devons faire remarquer que, accablé de fatigue et d'une santé déjà ruinée, c'était cependant sur son sommeil des nuits déjà si court qu'il prenait le temps de composer ce *Mémorial*. Mais Dieu qui inspirait son zèle soutenait aussi ses forces. Quelquefois Charles s'endormait pendant qu'il dictait à son secrétaire, qui se gardait bien de l'éveiller ; puis bientôt, sans faire relire un mot de ce qui était écrit il poursuivait sa phrase intégralement.

D'autres souvenirs se rattachent aux témoignages de la reconnaissance de saint Charles. Dans plusieurs rues, en plein air, on avait dressé des autels pendant l'épidémie ; non-seulement il voulut que ces monuments de la piété publique fussent respectés, mais encore il les fit surmonter d'une haute et forte croix fixée sur un socle de belles pierres, le tout entouré d'une balustrade de fer, afin qu'on les tint constamment dans une grande propreté. Lorsque dans nos hameaux et quelques-unes de nos villes nous avons le bonheur d'entendre les soirs des groupes de fidèles chantant des litanies et des cantiques, rappelons-nous une partie du tableau que chaque soir offraient alors des multitudes de Milanais, pieusement prosternées aux pieds des crucifix que leur avait appris à adorer le pontife, les sauvant par la glorification parfaite de ce signe sacré.

Dès que le temps et le produit de ses économies et de ses quêtes le lui permirent, il s'occupa aussi de deux fondations qu'il lui tardait de réaliser. La première fut celle de la maison de *Sainte-Sophie* ; il y plaça, sous la direction des Ursulines, une foule de jeunes filles que le fléau avait rendues orphelines. Monseigneur de Quélen, archevêque de Paris, a imité Charles dans *son Œuvre des enfants du choléra*, œuvre qui, commencée contre toutes les prévisions humaines, s'est soutenue et subsiste encore après avoir sauvé, élevé, établi honorablement des milliers d'orphelins. Dans l'Eglise aucune bonne tradition ne périt !

Le second établissement du saint cardinal fut l'*Hospice des Mendiants*. Ses dons, plus que ceux de personne, élevèrent et entretinrent cette maison qui, sous la direction de quelques bons prêtres, retira du vagabondage et des vices qui en sont la suite cette quantité considérable de misérables qui toujours, quoi qu'on fasse, se rencontre dans les grands centres de population. Distribuer abondamment à ces malheureux le pain du corps, mais de manière à les rendre encore plus avides du pain de l'âme, voilà ce que voulut et obtint le digne pontife. Mémorable enseignement ! tout *asile*, tout *dépôt* de mendicité élevé par une autre pensée ne sera jamais qu'un coûteux et repoussant spectacle d'ignominies, plus abjectes que celles que la violence y aura seule pêle-mêle entassées.

En 1578, Charles fonde définitivement cette congrégation des *Oblats de Saint-Ambroise* dont nous avons déjà parlé. Quelle plus grande puissance pour le bien lui donna le concours de ces deux cents religieux, tous connus de lui, tous s'engageant par un vœu spécial à lui obéir ponctuellement ! Telle fut bientôt la réputation de ces apôtres que les pasteurs du diocèse entier sollicitèrent leur collaboration. « L'intention du saint fondateur fut accomplie ; l'on regarde l'établissement de cette congrégation comme une des plus belles œuvres de sa vie. » (Le P. Giussano).

A cette maison, dite du *Saint-Sépulcre*, il attacha par les liens de la prière et la pratique obligatoire des mêmes bonnes œuvres, une congrégation d'hommes vivant au milieu du monde dans les conditions ordinaires de la société. Le bien immense que les *conférences de saint*

Vincent de Paul produisent en ce moment, surtout en France , nous dit les effets du zèle de ces nombreux laïques dirigés et sanctifiés par Charles et ses dignes disciples.

Il affilia également aux Oblats une congrégation de femmes qu'il appela *Dames de l'Oratoire*, dont nous avons parlé.

Tout fidèle un peu instruit sait de quel prix sont devant Dieu et devant l'Eglise ces monastères d'hommes ou de femmes vivant seulement de la vie contemplative. Imitatrices de Celui qui nous a sauvés par ses larmes et son sang, elles s'efforcent nuit et jour de compléter ce qui manque au calice de sa passion, en souffrant, en se crucifiant comme lui entre les hautes et impénétrables murailles où elles ont fait vœu de mourir inconnues de la terre. Que dira , mon Dieu, la quantité de miséricordes qu'ont obtenue de votre justice vaincue et désarmée les supplications incessantes des filles de Thérèse , de Claire, des enfants de Norbert, de Bruno, du patriarche d'Assise !

Les communautés religieuses ne manquaient point à Milan ; mais, ainsi que nous l'avons dit, le relâchement général de la foi et des mœurs avait pénétré dans ces sanctuaires dont une commande cupide et vile avait usurpé l'administration. Désireux d'offrir à toutes les femmes consacrées à Dieu des modèles de la perfection de leur vie privilégiée, Charles établit le *monastère de Sainte-Praxède*, du titre même de son cardinalat. Cinquante veuves ou vierges s'y établirent sous son patronnage direct, dans le but d'y pratiquer les règles de sainte Claire, selon leur *observance rigoureuse*. Lui-même s'occupa de la construction et de l'ameublement de cette maison ; il régla la grandeur et la forme des salles communes, des cellules, des jardins, des murailles, afin qu'indépendamment de sa séparation complète du siècle, chaque sœur vit matériellement quel devait être l'esprit de son *immolation au Seigneur*. Le dimanche de Quasimodo de l'année 1579, il consacra solennellement cette fondation à la cérémonie de laquelle il avait convié tous les notables de Milan. Devenues l'objet de l'édification publique, ces saintes filles établirent bientôt des colonies à Pavie, à Crémone. Ce fut une inexprimable joie pour le pontife de voir la comtesse Corona, une de ses plus proches parentes, venir à Sainte-Praxède échanger éternellement contre une robe de bure ses riches vêtements, et préférer Jésus-Christ à tous les nobles seigneurs qui ambitionnaient l'honneur de l'épouser.

Les âmes les plus méprisées du monde étaient celles dont le salut et le bonheur le préoccupaient davantage, parce que comme le Sauveur, dont il s'efforçait d'imiter la bonté, il se croyait appelé non pour les justes, mais pour les pécheurs. Aux deux asiles ouverts déjà aux femmes repentantes, il en joignit un troisième en 1579. Cette demeure, placée sous le patronnage et le vocable de *Sainte-Madeleine*, construit en partie et confié par lui à douze dames d'une solide piété, fit disparaître de Milan d'innombrables scandales.

En 1580, le zélé pontife put réaliser les projets qu'il nourrissait depuis longtemps, par rapport aux vallées suisses placées aux confins de son immense diocèse. Maintes fois il les avait visitées ; soit par de longs entretiens avec le clergé de ces lieux mi-abandonnés au pouvoir jaloux de magistrats pour la plupart hérétiques, soit par des catéchismes ou des sermons spéciaux adressés au peuple, il avait cherché à les prémunir contre le calvinisme dont il avait confondu souvent les ministres ; mais il voyait avec douleur à chacun de ses retours que ces efforts de son zèle produisait peu de fruits durables. Aussi bien, parvenu à se concilier le concours de quelques hauts personnages de ces localités, se hâta-t-il d'établir plusieurs maisons de Jésuites et de Franciscains. Avec ces ouvriers qu'il contribue à rendre infatigables, il organise partout des missions, des écoles, des catéchismes. L'attachement invincible à la foi dont ont fait preuve les cantons catholiques de la Suisse dans les diverses persécutions qu'ils ont eues à subir il y a quelques années de la part des cantons protestants, montre à lui seul avec quelle docilité ils ont recueilli ce fort et paternel enseignement. Aussi le nom de Charles y est-il vénéré et invoqué de nos jours encore avec une confiance toute particulière. Aussi le collège de Fribourg, vivant des règles et des saintes traditions de son fondateur, a-t-il jusqu'à notre époque le double privilége d'exciter contre lui les haines de la philosophie et de l'hérésie, et de compter chaque année parmi ses onze ou douze cents élèves les enfants des premières familles de l'Europe catholique.

Voilà indiquée une petite partie des choses que faisait l'illustre pontife pour corriger la dépravation de son peuple. C'est ainsi que, l'œil fixé sur toutes les souffrances et toutes les misères physiques ou morales, il les soulageait et les dissipait plus ou moins immédiatement par lui-même. Travailleur infatigable, il ressemblait à ces architectes de l'Ecriture qui tenaient le compas d'une main, de l'autre l'épée, pour bâtir à la fois et défendre le saint temple.

Oh! quelles victoires sur le mal! Quels triomphes de la justice et de la vérité lui sont dûs! Quel véritable *réformateur!...* Sans doute la bénédiction divine s'étendait visiblement sur lui et inspirait toutes ses déterminations ; mais les détails où nous allons entrer nous offriront aussi, dans une certaine mesure, les causes de tant de succès humainement inexplicables.

IX

Vertus héroïques de Charles.

Les paroles pieuses d'un père à ses enfants, d'un maître à ses élèves, d'un roi à ses sujets, sont bien quelque chose pour les porter à la vertu et à l'amour de la religion ; mais qu'est cette exhortation comparée à celle du bon exemple ? Ça été en prenant d'abord la croix dans toute sa pesanteur que le divin modèle nous crie: « Suivez-moi, soyez mes imitateurs.» *Jésus*, disent les Actes des apôtres, *commença à faire, puis à enseigner.*

Pour renouveler la face de son triste diocèse, Charles ne se borna donc pas à enseigner et à prêcher, il se mit immédiatement à s'instruire, à se prêcher lui-même en faisant d'abord ce qu'il voulait que les autres fissent. Mais quelle prédication que celle de sa vie publique et privée !... Le ciel, qui en connut l'irrésistible éloquence, en exposerait seul ces mille sublimes et édifiants détails que les historiens n'ont pu présenter que sommairement.

A leur exemple, indiquons-en quelques-uns

qui suffiront à montrer comment Charles fut le véritable réformateur d'un siècle qui vit Luther et Calvin se poser également en réformateurs de la sainte Eglise de Jésus-Christ, et sous ce titre sacrilége usurper la plus humainement inconcevable des célébrités.

L'esprit de pénitence nécessaire à l'âme et comme expiation et comme préservatif du péché, semblait inconnu même d'une partie du clergé : de là des désordres de tout genre ; là où la croix n'est pas adorée, il ne peut y avoir qu'une plus ou moins grossière idolâtrie des sens. Or, que fit notre saint pour rappeler à son peuple qu'on n'était pas chrétien si, à l'exemple de Jésus, on ne menait pas une vie de luttes, de travail, de mortification ? — Sa table était d'une telle frugalité que ses domestiques ne s'en contentaient pas. Pour boisson, il n'eut presque toujours de l'eau. Afin de contracter l'habitude du jeûne quotidien, il commença par l'observer quelques jours de la semaine ; insensiblement il cessa l'usage de la viande, du laitage, si bien qu'il n'avait plus que pour nourriture, surtout en carême, que du pain et un peu de légumes ou de fruits. Quelle irrésistible exhortation adressait à tous ce cardinal portant un des plus nobles noms de l'Italie, lorsque, allant à pied de village en village, il s'arrêtait dans les plus pauvres chaumières des laboureurs, et que là, s'asseyant au milieu d'eux, il partageait leur repas de pain bis et de châtaignes, en se servant de leur vaisselle grossière d'argile ou de bois. Telle fut en un mot son abstinence, qu'elle devint proverbiale. Soumettre une personne au *remède du cardinal Borromée*, c'était le condamner à une diète sévère.

Malgré la faiblesse de sa santé, il portait continuellement un rude cilice, « conservé encore précieusement dans un riche reliquaire, au grand hospice de Milan. » (Le P. Giussano). Il dormait très peu, et même il passait en oraison toute la nuit qui précédait les grandes fêtes; ce court sommeil il le prenait d'ordinaire sur une simple paillasse ou même sur une chaise. A ceux qui l'engageaient à se reposer mieux et plus longtemps, il objectait l'exemple du célèbre capitaine Jacques de Médicis, son oncle, qui dormit souvent de cette façon, et il ajoutait : « Est-ce que je dois faire moins que lui, moi qui nuit et jour suis en guerre avec le démon ? »

Le vénérable Louis de Grenade lui ayant écrit de modérer ses austérités, par intérêt pour l'Eglise à laquelle sa vie était précieuse, reçut cette réponse qui le laissa sans réplique : « Chrysostôme, Spiridion, Basile. Jérôme et tant d'autres n'ont-il pas autrement que moi pratiqué la pénitence, et leur existence en a-t-elle été abrégée pour cela? Une vie sobre, je le sais par expérience, est essentiellement conservatrice de la santé et de la force. » Les conseils de ce Dominicain célèbre qui, selon Grégoire XIII, avait fait plus de bien par ses livres *le Guide des Pécheurs, le Traité de l'Oraison*, etc., que s'il avait rendu la vue aux aveugles et même la vie aux morts, disent assez jusqu'où s'étendait la réputation de Charles ; car c'est du Portugal, théâtre exclusif de son apostolat, que Louis le priait de ménager ses jours.

L'évêque d'Asti prononçant son oraison funèbre, citait ce fait : « Étant avec lui lorsqu'il visitait une vallée extrêmement froide, je le trouvai qui étudiait pendant la nuit, enveloppé d'une simple robe noire presque en lambeaux : je lui représentai que c'était s'exposer à mourir de froid que de ne se pas mieux couvrir. Il me répondit en souriant : — Je n'ai pas autre chose ; mon autre vêtement appartient à ma dignité de cardinal. »

Nous indiquons ici comment le saint pontife employait le temps. Ajoutons que dès le jour où il prit rang dans la hiérarchie sacrée, il se fit un rigoureux devoir de conscience de ne pas rester inoccupé un seul instant. S'il laissait les gens de sa maison dormir sept ou huit heures, et s'il portait la bonté pour eux jusqu'à ôter ses pantoufles de peur de les éveiller quand il était obligé de passer près de leurs chambres, il n'employait lui que cinq heures au plus à un sommeil pris dans les conditions que nous avons dites.

Pendant ses repas il lisait ou il entendait une lecture. « Le plus souvent il continuait son travail en se suffisant d'un peu d'eau et de pain sec placés sur un coin de sa table » (Montagne). En route on le voyait également priant ou un livre à la main ; nous disons un livre, et par ce mot il faut entendre toujours, remarquent les historiens, un livre sérieux où son esprit et son cœur trouvaient un aliment. Jamais il ne voulut de lectures pas plus que de conversations insignifiantes. Pour lui, point de récréation proprement dite. Le moment qui suivait ses repas était employé à donner audience à ses prêtres.

En un mot, c'est en lisant sa vie qu'on peut se faire une idée de la quantité de travaux dont est capable un homme simplement doué des dons ordinaires de la nature, lorsqu'il a comme lui en dégoût le repos, en horreur la bagatelle. Charles mourut à quarante-six ans ; or, s'il n'eût employé aussi scrupuleusement toute son existence, demandez-vous comment, vu le temps que lui prenaient ses prières et ses offices obligatoires, ses visites incessantes dans son diocèse qu'il parcourut plusieurs fois dans tous les sens, ses séances régulières du jour et du mois où il présidait successivement les commissions de ses œuvres si diverses et si multipliées, sa correspondance quotidienne avec un clergé et des monastères très nombreux, etc., il aurait pu préparer les matières à débattre dans onze synodes diocésains et six conciles provinciaux, rédiger des lettres pastorales, des livres difficiles, laisser enfin comme moraliste, théologien et orateur, un nom célèbre dans les fastes de l'Eglise ?

Sa piété était telle que nul ne l'approchait sans envier son bonheur. Quand il priait, on eût dit que tous ses sens et toutes ses facultés

étaient absorbés dans ce saint exercice ; il ne
voyait alors, il n'entendait plus rien de ce qui
¦ ; passait autour de lui ; la ferveur de ses orai-
sons n'avait d'égale que l'abondance des consolations divines qu'il recevait, faveurs insignes
qu'il s'efforçait vainement de cacher. Que dire
de sa ferveur pendant la célébration de la sainte
messe, lorsqu'il se trouvait en présence d'un ta-
bernacle? Comment raconter tout ce qu'il fit
pour glorifier les saints, et quel prix il attachait
à la vénération des reliques, des images sacrées?
Jusqu'à trois fois il se rendit à Turin pour s'a-
genouiller longtemps devant le suaire qui avait
enveloppé le corps du Sauveur. De quelle so-
lennité il rendait témoins les populations dans
les translations d'une foule de corps saints qu'il
eut le bonheur de découvrir! Quelle dignité
dans toute sa personne lorsqu'il présidait une
cérémonie, administrait les sacrements! A l'é-
gard de tous ceux qui devaient approcher d'un
autel, ou qui avaient la moindre fonction à
remplir dans le temple, quel pontife exigea plus
sévèrement que lui que les choses saintes fussent traitées saintement! Pour donner en un
mot quelque idée de sa piété, qu'il nous suffise
de dire qu'il rappelait plus directement Dieu,
une partie des sentiments dont il était pénétré
devant Dieu même. Ainsi l'Ecriture sainte, il ne
la lisait jamais qu'à genoux; des évêques et
surtout du souverain pontife, il ne parlait jamais qu'avec un profond respect; il n'ouvrait
les lettres qu'il recevait de celui-ci qu'en se dé-

couvrant et les portant dévotement à ses lèvres.

On n'entendit jamais sortir de ses lèvres la moindre parole amère contre aucun des ecclésiastiques ou des religieux dont il avait cependant le plus à se plaindre ; ils étaient oints de l'huile sainte, consacrés particulièrement au Seigneur. Or, ce caractère indélébile suffisait au célèbre cardinal pour couvrir leurs fautes les plus graves; rien ne pouvait lui faire oublier qu'ils n'étaient pas des hommes ordinaires. Enfin on remarqua que ceux de ses simples diocésains pour lesquels il manifesta plus de déférence furent les pauvres, car à ses yeux aucune dignité de la terre n'égale celle des malheureux, que Jésus-Christ a proclamé ses premiers représentants, les continuateurs plus directs de sa mission au milieu de nous

Dans l'éloge général de ses vertus, l'Eglise mentionne son humilité et sa patience. Entre mille traits de cette humilité, ajoutons à ceux que nous avons indiqués déjà son attention à taire la noblesse de sa naissance, à substituer les armoiries de sa dignité ecclésiastique à celles des Borromées, à vivre toujours sous l'œil de deux bons prêtres chargés de lui dire tout ce qu'ils trouveraient en lui de répréhensible, à remercier quiconque l'avertissait du plus léger manquement. Quoique Dieu le comblant de grâces surnaturelles eût déposé entre ses mains la puissance des miracles. « Il avait de si bas sentiments de lui-même qu'il ne se regardait que comme un amas d'imperfections. » Quelque désagrément, quelque humiliation ou outrage qu'il éprouvât, il était intimement persuadé qu'une faveur divine le châtiait de ses fautes. En voici une preuve,

Etant tombé malade dans un méchant bourg, près du lac Majeur, il fut obligé de se coucher sur le lit d'un pauvre laboureur. Instruit de ce fait l'évêque de Ferrare accourt, et telle est sa première impression en face de ce spectacle, qu'il a de la peine à prononcer une parole. Devinant la cause de son trouble, Charles, en proie cependant aux ardeurs de la fièvre, lui tend aussitôt la main, et lui dit en souriant : « Ne voyez-vous pas que je suis fort bien ici, et que j'ai mieux que je ne mérite. »

Par suite de cette profonde humilité d'esprit et de cœur, Charles, jusqu'à sa mort, conserva l'habitude de se confesser tous les matins avant de monter à l'autel. Quelle instruction vous donnez ainsi ,Seigneur, a tant d'hommes qui, se disant irréprochables et assez forts , passent de longues années sans approcher du confessionnal et de la table sainte !

Sa patience : selon tous les témoins, sa vie ne fut qu'un martyre continuel. S'agit-il des douleurs et des infirmités du corps, on ne l'entendit jamais se plaindre ; jamais à cause d'elles il ne relâcha rien de ses exercices de pénitence. Son devoir l'appelait-il, aucune souffrance n'était assez aiguë pour l'arrêter. On le vit prêcher, accomplir les cérémomies lorsque son corps ruisselait de sueur ou frissonnait sous l'action du froid ou de la fièvre. Pendant qu'il visitait les montagnes, ses domestiques le suppliaient de couvrir un peu ses mains déchirées par les rigueurs de l'hiver et couvertes de mille petites plaies sanglantes ; seul il restait étranger à cette compassion ; son désir de souffrir quelque chose pour Jésus-Christ semblait briser tout l'aiguillon des douleurs les plus vives.

Habitué dès son jeune âge à compter chacune des heures de sa vie par une victoire sur les révoltes de la chair et des sens, Charles ne mérita pas moins par sa mansuétude et sa clémence la vénération même de ses plus grands ennemis. Assurément le peu que nous avons dit de ses luttes tenaces contre le vice nous dit assez qu'il dut rencontrer des oppositions continuelles et de toute nature. Mais oui, autant il se montra toujours inflexible et inexorable envers l'iniquité audacieuse ou opiniâtre, autant et plus il eut de tendresse pour le pécheur. Combien de fois pardonna-t-il généreusement à des âmes basses qui ne répondaient à ses bontés que par la haine brutale l Lui dénonçait-on une calomnie proférée contre sa personne, lui présentait-on quelques libelles diffamatoires où ses intentions les plus pures et ses meilleurs actes étaient dénaturés, il changeait la conversation, il déchirait ou jetait au feu sans rien dire les papiers où il aurait trouvé, s'il l'avait voulu, tous les éléments d'une condamnation sévère de l'outrage. Quelle ne fut pas en particulier sa clémence envers quelques magistrats de Milan qui, mus par une aveugle jalousie, lui suscitèrent toute espèce d'embarras soit auprès de la population, soit auprès de la cour d'Espagne qu'ils ameutaient contre lui ! Sur tous les points il confondit leurs accusations, il obtint le triomphe des droits de l'Eglise qu'ils voulaient usurper; mais ces succès, dus à sa fermeté, n'altérèrent jamais sa mansuétude inépuisable pour les personnes elles-mêmes, ni son respect extérieur pour les dignités publiques dont ils étaient revêtus. Se trouvaient-ils dans le besoin, en danger de mort, le premier il frappait à leur porte, les lèvres et les mains pleines de charités.

La sainteté évidente du cardinal Borromée voilà donc la première cause de ses succès sur les âmes, et de la célébrité éternelle attachée à son nom. Imitateur de Jésus, comme lui il armait sa lèvre d'une parole sanglante contre les *races de vipères*, les *sépulcres blanchis*, sa main du fouet, pour chasser les profanateurs de la maison de son maître ; mais comme lui aussi il accueillait les pleurs de Madeleine, du larron repentant ; comme le sien son cœur se dilatait d'une joie moins sensible en présence de quatre-vingt-dix-neuf justes restant fidèles qu'au retour d'un pécheur humilié. Aussi bien les « hérétiques eux-mêmes étaient-ils pénétrés pour lui d'une vénération profonde ; » de tous les points de l'Italie et des autres pays catholiques, les évêques et les supérieurs religieux lui

demandaient-ils des conseils et des règlements.
Telle était enfin l'éminence de ses mérites que
même de son vivant le vicaire de Jésus-Christ
n'hésitait pas à répondre aux plaintes calom-
nieuses que quelques magistrats Milanais avaient
osé lui adresser contre lui :

« Ce cardinal est l'honneur de notre sacré-
collége : c'est un ange du ciel et non pas un
homme de la terre. J'estimerais le Saint-Siége
bienheureux s'il en avait une douzaine de semblables à lui. Je n'ai qu'un seul neveu qui doit
partir demain pour la France, mais je ne veux
point qu'il parte sans avoir reçu sa bénédiction, qui, je l'espère lui profitera beaucoup. »
(Paroles de Grégoire XIII).

Un siècle et demi plus tard, le vénérable de
La Motte, évêque d'Amiens, parlant de saint
Charles, nous disait à tous comment doit être
envisagée sa vie dans cette naïve réponse qu'il
adressait à des mondains : « On me dit qu'il ne
faut pas être singulier ; mais qu'on me dise s'il
y eut jamais un évêque plus singulier que saint
Charles. On ajoute que c'est un prélat inimita-
ble ; mais à Dieu ne plaise que je pense ainsi,
car Dieu ne donne pas ses saints pour les admirer seulement, mais pour les imiter *chacun* selon sa grâce de plus près ou de loin. »

Retenons, vous et moi, bien-aimés lecteurs,
cette vérité, puisque vous le voyez, elle s'adresse
à chacun.

X

Derniers jours de Charles. — Sa retraite au mont Varalle. — Sa rentrée à Milan ; sa mort ; son culte. — Conclusion

En avril 1584, Charles réunit son onzième synode. Soixante principaux pasteurs de son diocèse habitèrent quelques jours dans son palais. Quoique très souffrant et obligé de rester couché, il voulut assister à chaque séance ; sur son lit de douleur il écrivait d'avance la matière des délibérations, il préparait ses instructions et recueillait tous les renseignements propres à les diriger dans l'œuvre de la sanctification des âmes.

L'affection plus tendre qu'il témoigna alors à ses plus chers collaborateurs, son insistance particulière à tout prévoir, à tout préciser, à éviter l'emploi de toute mesure simplement provisoire, enfin la foi et la charité qui éclataient plus ardentes à chacune de ses paroles, ne laissèrent pas un doute que ce synode serait le dernier de ceux qu'il présiderait.

Le peu de jours donc que la terre aura le bonheur de le posséder encore seront témoins d'actes que son horrible état de souffrances rendra de plus en plus méritoires. Ainsi un dimanche soir il apprend que Delfin, évêque de Bresse, mourant, témoigne le désir de le voir. Quoique fatigué par l'assistance aux offices de cette journée, il part immédiatement, et, marchant toute la nuit, il se trouve le lendemain là où il est attendu impatiemment. Cette nouvelle fatigue de vingt lieues ne l'empêche pas d'administrer bientôt le malade, de se tenir de longues heures à son chevet, d'assister à sa mort, enfin d'officier à son convoi et de prêcher son oraison funèbre.

En août 1584, ce saint pontife qui, « semblable à une lampe, jetait une lueur plus vive à mesure que sa fin approchait, » visite malgré des chaleurs accablantes le canton de Légnan, et en réorganise le service religieux. Un peu plus tard, il va à Turin vénérer ensuite le suaire du Dieu dont il méditait de plus en plus la Passion, sujet préféré des méditations de sa vie entière. C'est à Turin que le duc de Savoie le priant de revenir dans quelques jours bénir son mariage avec la fille de Philippe II, qu'il allait chercher en Espagne, reçut cette réponse consignée au procès-verbal de la canonisation : « Oh ! non, car je n'aurai jamais plus l'occasion de vous revoir. » La vive affection du cardinal pour le jeune duc et son beau-père lui aurait très certainement fait promettre cette bénédiction s'il n'avait su de Dieu que son heure suprême arrivait.

Après avoir séjourné successivement à Novare, à Verceil, à Turin, Charles se disposa à sa retraite annuelle. Choisissant selon sa coutume un lieu très solitaire pour pouvoir mieux se recueillir, ou quelque sanctuaire à l'écart comme celui de Lorette, du mont Alverne, parce que son âme y trouvait, avec des souvenirs plus vivants, des enseignements plus salutaires, il alla cette année au mont Varalle. En ce lieu, situé dans le diocèse de Novare, près de la Suisse, « les mystères de la Passion étaient reproduits d'une manière saisissante. » (*Bréviaire romain.*) Aussi les âmes pieuses y venaient-elles de fort loin en pélerinage.

Exigeant des Franciscains qui desservaient cet oratoire la plus pauvre de leurs cellules, notre saint s'y cache donc enfin d'y faire la dernière de ses retraites. Il n'y voulut auprès de lui que son seul confesseur, à qui il se soumit en tout et pour tout avec la docilité d'un enfant.

Hélas ! comment notre tiédeur croirait-elle à ce que nous allons raconter sans l'affirmation de l'Eglise, résumant tous les témoignages juridiques ? Ne tenant compte ni des faiblesses, ni des exigences d'un corps exténué par les veilles et les douleurs, le grand cardinal passa au mont Varalle plusieurs jours, pendant lesquels son sommeil de trois ou quatre heures fut pris sur le plancher ; sa nourriture se composa de pain et d'eau. Il redoubla alors ses macérations au point qu'après sa mort on trouva ses reins sillonnés récemment de traces sanglantes ou livides ; quand à ses journées, il les employait entièrement à l'oraison ou aux exercices de piété, auxquels il vaquait toujours nu-tête et à genoux, de préférence dans la chapelle dite du *Sépulcre*. Sa ferveur pendant la célébration de la sainte messe devint telle, qu'il lui fallait s'interrompre souvent, tant ses larmes découlaient abondantes. Hélas ! encore une fois, demandons au Seigneur de ne pas lire de tels actes sans que notre cœur s'efforce de les comprendre.

Cependant le 24 octobre il fut saisi d'un plus violent accès de fièvre ; le 28, il abrégea ses prières et diminua ses austérités sur les ordres de son confesseur. Après avoir adressé de touchantes paroles aux Franciscains, puis aux Jésuites chez lesquels il fit une courte halte, il arriva le 1er novembre à Milan dans un état désespéré. En vain les médecins épuisent toutes les ressources de leur dévouement et de leur science ; le mal ne fait que s'accroître au milieu de la désolation de tous : seul le saint malade est calme et heureux.

Pendant la nuit du 3 au 4 novembre, alors que toutes les communautés et les paroisses étaient en prières pour lui, il rendit à Dieu son âme, les yeux arrêtés sur une image de Notre-Seigneur. L'évêque de Novare, Bascapé, qui a écrit sa vie, ne le quitta pas dans ses derniers moments : c'est lui qui obtint la grâce de lui fermer les yeux. Chez lui et chez les autres assistants la douleur était pour ainsi dire absorbée dans l'admiration en présence de ce pieux spectacle. Oh ! redisons de lui avec eux ces paroles des livres saints : « Puisse mon âme mourir de la mort des justes, et mes derniers instants ressembler aux leurs ! »

Renonçons à décrire les circonstances des funérailles de l'illustre archevêque. Tels étaient les sentiments des Milanais qu'on n'aurait su dire ce qui dominait chez eux, ou de leur piété à contempler, à toucher son corps, ses vêtements, ou de leur affliction en pensant qu'ils ne le verraient plus. Durant trois jours il resta exposé dans une chapelle de l'archevêché, et la foule venue là de tous les côtés était si grande « qu'en montant et descendant sur le grand escalier du palais qui est fort large, elle figurait le flux et le reflux d'une mer agitée de vents impétueux. »

On exécuta son testament tel qu'il l'avait fait lors de la peste de Milan. Une des clauses portait qu'il serait enterré dans sa métropole, au bas du chœur, à l'endroit le plus foulé aux pieds, avec cette épitaphe : « CHARLES, CARDINAL DU TITRE DE SAINTE-PRAXÈDE, ARCHEVÊQUE DE MILAN, POUR IMPLORER MIEUX LA PRIÈRE DU CLERGÉ, DU PEUPLE ET DU SEXE DÉVOT, A CHOISI CE SÉPULCRE PENDANT QU'IL VIVAIT. » On y ajouta : IL A VÉCU 46 ANS 6 MOIS 1 JOUR ; IL GOUVERNA CETTE ÉGLISE 24 ANS 8 MOIS 24 JOURS, ET MOURUT LE 4 NOVEMBRE 1584.

La mort de Charles ne provoqua pas seulement des larmes dans son vaste diocèse, le monde catholique tout entier s'en émut ; car la sainteté de sa parole, de ses œuvres et de sa vie était connue au loin. Toutefois le clergé qu'il avait si admirablement et avec une ardeur si infatigable rendu à la sublime dignité de sa mission au milieu des peuples, exprima plus que tout autre classe de la société la douleur qu'il éprouvait en le perdant. Le savant cardinal Sirlet n'était que l'organe des ecclésiastiques et des religieux de tout rang lorsqu'il écrivait et prononçait un éloge dont nous devons reproduire au moins quelques lignes :

« Abel par l'innocence, Noé par la probité, Abraham par la foi, Isaac par l'obéissance, Jacob par le travail, Joseph par la chasteté, Moïse par la charité, David par l'humilité, Elie par le zèle, il a été appelé au ciel dans l'octave de la Toussaint ; c'est qu'il semblait juste que, comme il avait été zélé pour défendre la gloire des serviteurs de Jésus-Christ, il fût présenté devant le trône de Dieu par leur multitude triomphante. »

Dès le jour de la mort de Charles, il fût présenté en particulier par les fidèles comme un protecteur puissant au ciel. A partir de 1601, son culte, bien que l'Eglise n'eût encore rien prescrit à cet égard, était devenu comme général, surtout dans le diocèse de Milan. Dieu ne cessant de le glorifier par des miracles plus grands encore et plus nombreux que ceux qu'il lui avait donné d'opérer de son vivant, Clément VIII convaincu par tous ces signes divins que confirmait la vénération unanime des peuples, le mit au rang des bienheureux en 1604, c'est-à-dire vingt années seulement après sa mort. Le procès de sa canonisation, continué sous Léon XI, aurait été très certainement terminé, si après vingt-sept jours Dieu n'avait appelé à lui ce pontife qui, pour engager les évêques à ne mettre aucun retard dans leurs investigations, disait : « Non-seulement j'ai connu parfaitement sa sainteté, mais encore il a eu la bonté de me communiquer plusieurs de ses pensées éminemment saintes. J'ai vu de mes yeux une infinité d'actes de vertu de la plus haute perfection chrétienne, et je ne craindrai point de dire que de ma vie je n'ai connu un plus grand serviteur de Dieu. Aussi ai-je le plus grand désir d'employer toutes mes forces à la canonisation d'un si digne cardinal, à qui le Saint-Siège a de très grandes obligations. »

Le vœu inaccompli de Léon XI reçut son exécution neuf ans plus tard de Paul V, qui a placé la fête du saint archevêque au 4 novembre.

FIN.

Limoges. — Typ. F. F. Ardant frères.